## 目录

| | |
|---|---|
| 1 | 序 |
| 13 | 为什么？ |
| 75 | 何时？ |
| 175 | 怎样？ |
| 237 | 谁？ |
| 249 | 后记 |

后停车场

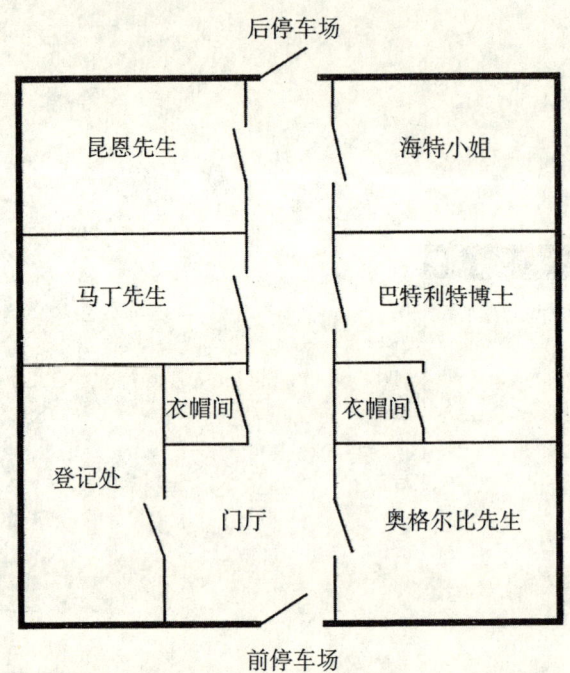

| 昆恩先生 | 海特小姐 |
| 马丁先生 | 巴特利特博士 |
| 登记处 / 衣帽间 | 衣帽间 / 奥格尔比先生 |
| 门厅 | |

前停车场

午夜文库

柯林·德克斯特
**莫尔斯探长系列**

**柯林·德克斯特**
Colin Dexter 1930—

德克斯特生于林肯郡的斯坦福德，就读于斯坦福德中学。完成了皇室通信兵团的服役期之后，他到剑桥大学基督学院攻读古典学，并于一九五八年获得荣誉硕士学位。毕业后，他在东米德兰兹郡开始了自己的教师生涯，一九六六年，他开始受到耳聋的困扰，不得不离开了教师岗位，接受了牛津大学地方考试院高级助理秘书官的职务——他后来一直担任这项职务，直到一九八八年退休。

德克斯特从一九七三年开始写推理小说，在一九七五年出版的《开往伍德斯托克的末班车》中，他把莫尔斯探长这一角色介绍给了世人。这位暴躁易怒的侦探醉心于填字游戏、英国文学、桶装鲜啤酒和瓦格纳的音乐，而这些其实就是德克斯特自己的嗜好。主人公莫尔斯探长是英国泰晤士河谷警察局的高级警官，工作地点位于牛津，年龄约五十岁，单身。从社会政治角度看，莫尔斯探长是一个有趣而复杂的人物，在一定程度上代表了上世纪下半叶英国上层白人男性的形象。他智力超群，目光敏锐，充满自信，诙谐幽默，而与权力机关和上级的关系又若即若离，被视为最后一位"绅士侦探"。该系列描写的侦探故事主要发生在牛津，涉及大量牛津大学师生和牛津普通市民的日常生活，牛津悠久的历史与独特的文化也渗透其中。小说描述的侦探故事对于了解上世纪下半叶英国中小城市的主要社会矛盾以及人民生活状况也有着重要价值。

三十三集电视连续剧《莫尔斯探长》从一九八七年上映至二〇〇一年，其成功也为德克斯特赢得了更多赞誉。牛津市与牛津大学一直把莫尔斯探长系列当做重要的旅游卖点。在牛津有专门以莫尔斯探长为主题的旅游项目，在欧美各国旅游者中很受欢迎。同阿尔弗雷德·希区柯克一样，德克斯特在绝大多数剧集里都友情客串过。最近，独立电视台的二十集新连续剧《刘易斯》描写的就是他在莫尔斯探长系列里创造的身强体健的刘易斯警探（现在已经是探长）这一角色。同在《莫尔斯探长》里一样，德克斯特在其中客串了一个把紫罗兰花递给探长的人。

德克斯特多次受到英国推理作家协会嘉奖：一九七九年的《众灵之祷》和一九八一年的《耶利哥的亡灵》为他赢得了两座银匕首奖；一九八九年的《妇人之死》和一九九二年的《林间道路》为他赢得了两座金匕首奖；一九九七年，他荣获钻石匕首终身成就奖。一九九六年，短篇小说《伊文思参加普通证书考试》为他赢得了麦卡维提奖。一九八〇年，他当选为仅限邀请侦探协会的成员。

在侦探小说史上，柯林·德克斯特与雷吉纳德·希尔和彼得·拉弗希齐名，被誉为"英国古典推理三大巨匠"。"莫尔斯探长"系列是继福尔摩斯探案系列之后最成功的一套英国侦探小说，同时在美国也享有盛名。一九九〇年，英国侦探小说家协会（CWA）的会员对福尔摩斯之外的所有英国侦探进行投票，莫尔斯探长当选为"最受喜爱的侦探"。二〇〇〇年，德克斯特凭借在文学领域的贡献荣获大英帝国勋章。

二〇〇一年九月，林肯大学授予德克斯特荣誉文学博士学位——这项高等学位通常授予那些学术成就突出或者拥有其他功绩的人。

• 作者像拍摄者为 Niall O'Leary/Millenium Images

**柯林·德克斯特主要作品**

| | |
|---|---|
| 1975 | Last Bus to Woodstock |
| 1976 | Last Seen Wearing |
| 1977 | The Silent World of Nicholas Quinn |
| 1979 | Service of All the Dead |
| 1981 | The Dead of Jericho |
| 1983 | The Riddle of the Third Mile |
| 1986 | The Secret of Annexe 3 |
| 1989 | The Wench is Dead |
| 1991 | The Jewel That Was Ours |
| 1992 | The Way Through the Woods |
| 1993 | The Inside Story |
| 1993 | Neighbourhood Watch |
| 1993 | Morse's Greatest Mystery |
| 1994 | The Daughters of Cain |
| 1996 | Death is Now My Neighbour |
| 1999 | The Remorseful Day |
| 2010 | Cracking Cryptic Crosswords — a Guide to Solving Cryptic Crosswords |

# 昆恩的静默世界
*The Silent World of Nicholas Quinn*

（英）柯林·德克斯特 著
顾悦 许懿达 译

新星出版社 NEW STAR PRESS

献给杰克·阿什利[1]

---

[1] 杰克·阿什利(Jack Ashley, 1922— ),英国工党政治家,曾经长期担任英国国会议员,一九九二年被封为斯托克男爵。

序

"怎么样？您怎么看？"国外考试评审会主任把问题抛给历史委员会主席西德里克·沃斯。

"不，不，主任。我觉得还是先问秘书吧。毕竟是固定员工要和我们聘用的人直接打交道。"如果在座的人地位没有那么显赫，沃斯甚至会说自己根本不在乎谁得到这份工作。沃斯说完，又像原来那样慵懒地靠在舒适的蓝色皮椅上，希望他们都能有话快说。会议已经开了将近三个小时了。

主任转向坐在自己左边的人。这个人身材不高，年近六十，戴着无框眼镜，眼睛欢快地眨着。"好吧，巴特利特博士，让我们听听您的看法。"

巴特利特是国外考试评审会的常务秘书，他和蔼地环顾几张桌子，然后低头看了一眼自己细心整理的笔记。做这种事情他很熟稔。"我觉得，主任，总体说来，大概，"主任和评审会几个高级官员的脸上明显抽动了一下，"总之，我们都觉得最后的名单非常好。申请人看起来都非常优秀，其中大多数都有丰富的工作经验。但是——"他又低头看了看笔记，"不过，说实话，我个人不太想聘用这两位女士。剑桥的那位女士，我觉得，有点，呃，有点咄咄逼人，可以这样说吗？"他向聘用委员会的成员投去期待的目光，几个人用力点了点头表示同意。"另一位女士，我觉得经验稍微欠缺了一点，而且我，呃，不是特别认同她的一些回答。"桌子旁边的人们还是很安静，没有人明确表示反对。巴特利特轻轻拍了拍自己圆滚滚的肚子，显得颇为满意。"好吧。我们再看看三位男士。达克汉姆？我觉得他有点心不在焉。他是个好小伙子，但可能没有那种魄力，不太适合我们人文部。他在我的本子里排第三。然后是昆恩。我觉得他不错：诚实，聪明，观点明确，头脑清醒，不过可能就是经验稍微差一些，然后——好吧，让我实话实说。我觉得，呃，我觉得他的残疾可能会给我们带来太多麻烦。你们知道我的意思：打电话、开会，诸如此类的事情。非常可惜，但是情况确实如此。不管怎样，我把他排在第二位。剩下的是菲尔丁，我一直都很喜欢他这种人：极为优秀的校长；培养出的学生成绩优异；年龄也非常合适；谦虚，和蔼；获得过贝利奥尔学院①的历史学优等学位。推荐信也非常不错。我觉得没有比他更好的人选了，我把他排在第一位，主任，这一点毫无疑问。"

主任合上了装着聘用材料的文件夹，动作颇为夸张，然后微微点头表示同意，看到其他几个人也在点头，感到十分满意。除了主任之外，其他评审员也都在场，一共有十二个人。他们都是牛津大学某个学院的杰出院士，每个学期都要到国外考试评审会的大楼开两次会，制定学校的考试政策。他们都不是评审会的常任雇员，而且参加这些会议也不拿一个便士（除了报销旅费）。但是他们大都积极参与学科委员会的工作，对于有利可图的公共考试程序抱着开明利己的态度；每

---

① 贝利奥尔学院（Balliol College），始建于一二六三年，是牛津大学最古老的学院之一。

年的六月和七月,自己的本科生回家放长假之后,他们就会担任普通教育证书①和高级教育证书②的主考官和监考。评审会的常任雇员里,只有巴特利特会被自动邀请参加评审会的讨论(但是他没有投票权)。加上巴特利特,屋子里有十三个人。十三……不过主任不是迷信的人。他略带欣慰地环视了一下到场的评审。大都是他很信任的同事,只有一两位年轻老师不大熟悉:头发都太长,而且有个人留着胡子。昆恩也留胡子……快点儿!现在应该很快定下人选,如果幸运的话,他可以在六点之前回到隆斯戴尔学院。今晚有"招待会",还有……快结束吧!"好吧,我觉得各位大概都同意聘用菲尔丁,剩下的事情就是确定他的起薪。我们看看,他今年三十四岁。我觉得二级讲师的底薪应该是——"

"您继续说之前,我能插一句吗,主任?"说话的是一位年轻老师。那两个长头发之一,留胡子的那个。他是基督教堂③的化学老师。

"是的,当然,鲁普先生。我不是想要——"

"如果允许我说话的话,您好像觉得我们都同意秘书的观点;当然,可能别人都同意。但是我不同意,而且我觉得这次会议的目的就是要——"

"没错,没错,鲁普先生。就像我说的,很抱歉给了您这种印象,呃,您知道……我肯定不是想那样做。我只是想,我感到大家都同意了。但是您说得对。如果您觉得——"

---

① 普通教育证书(General Certificate of Education, Ordinary Level),英格兰一九五一年至一九八八年使用的中学文凭。
② 高级教育证书(General Certificate of Education, Advanced Level),英国年满十八岁的学生参加的高中毕业兼大学入学考试。
③ 基督教堂(Christ Church),始建于一五四六年,是牛津大学最大的学院之一,也是圣公会牛津教区的主教座堂。

"谢谢您，主任。我对此确实有不少看法，而且我不同意秘书给出的优点排序。如果要我实言相告的话，我觉得菲尔丁简直像个应声虫，而且过于八面玲珑。其实如果他得到这份工作，就不是什么同甘共苦的事情了，而是同甘共甘。"桌子周围传来了轻轻的笑声，刚才还能感受到的略微紧张的气氛明显缓和了。鲁普继续说的时候，几位年长的同事听得更加专注，而且显得更有兴趣。"我同意秘书的观点，但我并不完全同意他的理由。"

"您是说您会把昆恩排在第一位，是吗？"

"我会的，没错。他对考试的观点很有道理，而且他的头脑也很聪明。不过更重要的是，我觉得他有一种真诚而正直的品质，而且现在……"

"您觉得菲尔丁不是这样的？"

"不是。"

秘书咕哝了一句大家都能听见的"胡说"，主任没有理会，然后对鲁普的发言表示了感谢。他茫然地扫视了一下其他评审员，征询他们的看法。但是没有人马上回应。"还有谁想，呃……"

"我觉得，如果我们仅凭简短的面试就做出这么多重要的性格鉴定，可能不太公平，主任。"说话的是英语委员会的主席，"我们都需要谈谈自己对这些人的评价——当然要谈，这是我们坐在这里的唯一原因。但是我同意秘书的看法。我的优点排序和他的一样，完全相同。"

鲁普靠在椅背上，盯着白色的天花板，嘴里叼着一支黄铅笔。

"还有人想说说吗？"

副主任在椅子上如坐针毡，感到无聊透顶，恨不得马上就走。他的笔记里面都是极难理解的螺旋和涡卷；然后他又在流畅的花饰上加上一道美丽的曲线，然后说了当天讨论里他的第一句也是最后一句话:"他们都不错,很显然。我觉得我们选哪个都可以。如果秘书想要菲尔丁,我就选菲尔丁。可以简单投个票吗,主任?"

"如果那是,呃,那是,呃……"

有几位评审员咕哝了几句表示同意,主任用略显无奈的口气宣布开始投票。"好吧。那么举手表决。同意聘用菲尔丁的请举手。"

七八只手举了起来,这时候鲁普又说话了,举着的手缓缓放了下来。

"在我们投票之前,主任。我想向秘书先生询问一些问题。我想他肯定了如指掌。"

透过镜片,秘书冷冷地看了鲁普一眼,几位评审员不禁显出焦躁与厌烦。他们为什么要选鲁普?他肯定是个优秀的化学老师,他在英阿石油公司的两年工作经验对评审会的工作很有帮助。但是他太年轻,太骄傲;太聒噪,太喜欢出头,就像一艘横冲直撞的汽艇,剧烈搅动评审会帆船比赛平静的水面。而且这不是他第一次和秘书发生冲突。他甚至不在化学委员会任职,不肯为考试出一道考题,总是说自己太忙。

"我肯定秘书会乐意的,呃——您有什么想法,鲁普先生?"

"好吧,您知道,主任,我加入评审会的时间不是很长,但是我看过评审会的章程,而且我这里正好有一份。"

"哦,上帝!"副主任嘟囔道。

"在第二十三段,主任——您想让我读一下吗?"半数评审员从来没见过这份章程,更不用说读过,假装熟悉好像完全不合适,因此主任不情愿地点了点头。

"不太,呃,不太长吧,我希望,鲁普先生?"

"不长,非常简短。章程是这样说的,我引用一下:'评审会始终谨记其收入完全依赖于公共资金,因而对社会大众以及评审会常任雇员都应承担相应的责任。评审会特别承诺雇用一定比例的残疾人，只要这种残疾不会严重影响他们正常履行工作任务。'"鲁普合上薄薄的文件，放在旁边，"现在，我的问题是：秘书能否告诉我们评审会现在雇用了多少残疾人？"

主任又看了看秘书，后者明显恢复了惯有的和蔼。

"我们的包装部以前有个独眼龙。"大家立刻笑了起来，副主任想趁势走出会议室，他的残疾就是膀胱不好，可是，鲁普始终一本正经，继续追问。

"但是他大概已经不在这里了吧？"

秘书摇了摇头。"是的。遗憾的是，我们发现他有爱偷卫生纸的毛病，而且无法控制，然后我们——"这句话的后半部分淹没在一片猥琐的哄笑里。过了一会儿，主任才让会议重新恢复秩序。他提醒评审会，第二十三段当然不是法律强制规定——只是保护普通雇员⋯⋯呃，公众利益的补充性建议。但是从某种角度看，这样说是错的。明智的做法是，让秘书再说几个他和这些不幸的人们在一起的奇闻逸事。不知不觉之中，局势有了微妙的变化。那位残疾人重新进入了竞争队伍，他的差距也因为鲁普简洁有力的陈述而缩小。

"您明白，主任，我想知道的其实就是：我们觉得昆恩先生的耳聋会不会严重影响他胜任这份工作？"

"好吧，就像我说的。"巴特利特答道，"首先是电话的问题，不是吗？鲁普先生可能不太清楚我们每天要接多少电话，打多少电话，冒昧地说，我对这些比他了解得稍微多一些。如果你的耳朵听不见，这就是个非常麻烦的问题——"

"当然不是。现在有这么多种装置。你可以在耳朵后面戴上一个东西，然后也可以放个扩音器——"

"鲁普先生认不认识哪个耳朵听不见的人是——"

"其实我不认识,但是——"

"那么我得说,他可能严重低估了这些问题——"

"先生们,先生们!"言辞开始变得越来越激烈,主任只好插话,"我觉我们都同意这肯定是某种麻烦。真正的问题是——究竟有多大的麻烦?"

"而且不仅是接电话,不是吗,主任?还有开会——每年要开几十次。比如我们现在这种会。这种会您根本开不下去,如果桌子上您那边有个人,隔着三四个座位……"巴特利特越说越起劲,一口气说出了一大堆理由。他现在更占上风,他知道。不过他自己也开始有点耳背了。

"但是安排开会的座位并不是力不能及——"

"没错,不是力不能及。"巴特利特干脆地说,"而且弄个什么听筒或话筒之类,天知道还有什么,弄个这种方便的小系统也不是力不能及;而且我们都可以学哑语字母表,如果确实需要的话!"

情况越来越明显,两个人产生了一种令人不快的憎恶,而且是难以理解的人身攻击,老评审员们大都不明白。巴特利特一直是个脾气非常温和的人。而且他还没有说完:"你们都看到了医院报告,也都看到了听力测试图。事实就是,昆恩先生的耳聋非常严重。非常严重。"

"好像他听我们说话没有任何问题,不是吗?"鲁普说得很轻,如果昆恩在场的话,他多半听不见。但是评审员们都听见了,而且非常明显的是鲁普说得没错。很有说服力。

主任又看着秘书。"嗯。您知道,令人吃惊的是,他确实就像能听见一样,不是吗?"

大家开始七嘴八舌地谈论,渐渐离仍然等待他们立刻作出决定的议题越来越远。理科委员会主席塞特夫人想到了自己的父亲……快到五十岁的时候,他的耳朵很快就不好了;那时候她还在上学;后来他被单位辞退了。遣散费,还有他的企业发的一点可怜的残疾退休金——哦,是的,他们力图显得公正、富有同情心。他的头脑还很清晰,但是他再也没有工作过,自信被彻底摧毁了。他仍然可以做很多事情,而且效率比那些整天仰在办公室座位靠背上发呆的人高得多。想起父亲,她感到非常难过,非常气愤……

忽然她意识到他们正在投票。投菲尔丁的时候,五只手几乎立刻举了起来,她觉得,就像秘书说的,可能菲尔丁确实是这些人中的佼佼者。她也会投他一票。但是出于某种奇怪的原因,她的手一直放在面前的吸墨纸上。

"同意昆恩的请举手。"

三只手举了起来,包括鲁普的;然后是第四只。主任开始从左边数起:"一,二,三……四……"又举起一只手。主任重新数了一遍:"一,二,三,四,五。好像——"然后,缓慢而戏剧性地,塞特夫人举起了手。

"六。"

"好了,你们已经做出了决定,女士们先生们。昆恩被录用了。票数很接近:六比五。但就是这样。"他有些尴尬地看了看左边,"您满意吗,秘书先生?"

"我只能说,我们都有自己的观点,主任,而评审会和我的观点不一样。但是,就像您说的,评审会已经作出决定了,而我要做的就是接受这个决定。"

鲁普又靠在了椅背上,茫然地看着天花板,嘴里又咬着那支黄铅笔。他的心里可能因为自己的小胜利而得意扬扬,但是脸上不动声色——几乎是木然。

十分钟之后,主任和秘书并排走下楼梯,楼梯通向一楼和巴特利特的办公室。"你真觉得我们犯了个大错吗,汤姆?"

巴特利特停下脚步,抬头看着这位高高的满头银发的神学家。"哦,是啊,菲利克斯。毫无疑问。我们犯了大错!"

鲁普挨着他们身边走下楼梯,含糊地说了一句"再见"。

"呃——晚安。"主任说道,但是巴特利特一言不发,目送着鲁普走了过去,然后才缓缓走下楼梯,回到了自己的办公室。

门的上方有一盏双色灯,就像医院里面的那种,通过房间里办公桌上的两个开关操控。第一个开关控制红灯,表示巴特利特正在和人说话,而且不希望有人(而且不会有人)打扰他;第二个开关控制绿灯,表示人们可以随时敲门进来。如果两个开关都没有打开,两盏灯都不亮,大家就明白办公室里没有人。自从担任秘书以来,巴特利特就强烈坚持如果有人要和他谈论重要的事情,他就应该保证谈话不会被打断,而且得到保密;他的下属充分尊重他的意愿,几乎都能配合这种要求。个别时候,有人违反这种规定,这时巴特利特就会显出极为少见的愤怒。

走进办公室之后,秘书按亮红灯,并随手打开小柜子,倒了一杯杜松子苦艾酒,然后坐在书桌前,打开抽屉,取出一包香烟。开会时他从不抽烟,但是他现在点了一支,深深吸了一口,然后抿了一口酒。他可以明天早上再给昆恩发电报:现在发电报太晚了。他又打开文件夹,重新读了昆恩的信息。啊!他们选错了人——毫无疑问!都是因为鲁普,那个该死的蠢货!

他把文件收拾整齐,清空了桌面,然后靠在椅背上——嘴角露出一丝狡黠的微笑。

为什么？————

# 1

其他四个人坐在切维尔汽车旅馆楼上的休息室里的时候,他走到吧台前点了饮料——两杯杜松子酒加奎宁水,两杯中度雪利酒,一杯干雪利酒——最后一杯是自己的。他非常喜欢干雪利酒。

"请您把这些都送到国外考试评审会好吗?我们还要吃午饭。您可以告诉服务员我们已经来了吗?就坐在那里。"他说话还带着明显的北方口音,不过比以前好些了。

"您订桌子了吗,先生?"

他很高兴被称为"先生"。"是的。名字是昆恩。"他抓了一把花生,把饮料放在托盘上,和历史委员会的其他成员一起坐了下来。

这是他加入评审会以来的第三次审议会,这个学期还要再开几次。他靠在低矮的皮椅上,一口气喝了半杯雪利酒,看着外面A40公路午饭时间的繁忙交通。这才是生活!马上是丰盛的午餐——酒,咖啡——然后回去参加下午的会议。要是运气好一点,五点不到就可以结束。上午的会议是全神贯注、持续不断的艰苦努力，但是他们做得很好。涵盖十字军东征①到英格兰内战②时期的考题已经定稿，即将出现在明年夏天的高级教育证书历史考卷上。只剩下五张考卷，从汉诺威王朝③到凡尔赛和约④；他对近代史更熟悉。在学校的时候，历史是他最喜欢的科目，他也是凭借历史成绩获得了剑桥的奖学金。不过预试之后他就转到了英语系，毕业之后在布拉德福德的教会文法学校⑤当了英语老师，那里离约克郡他出生的村庄只有二十英里。回过头看，他意识到自己转到英语系非常幸运：评审会的招聘广告强调，应聘者需要在历史和英语两个学科上都有文凭，他意识到自己可能会有很好的机会，即便到现在，他也不敢相信自己得到了这份工作。不是因为他的耳朵……

"您的菜单，先生。"

昆恩没有听到领班服务员走过来，只是当硕大的菜单横在他面前的时候才注意到对方。是啊，可能他的耳聋是比自己有时候认为的稍微严重一点，不过迄今为止他一直处得非常好。

现在他和别人一样靠在椅子上，读着菜单上复杂难懂的各种花样——菜大都很贵；但是他以前来过两次，知道这里的菜做得很精细，而且很好吃。他只是希望其他人不要点太奇特的东西，因为上次聚餐

---

① 十字军东征（The Crusades），十一到十三世纪罗马教廷为保卫基督教世界和基督教徒而授权进行的圣战，目标在于从伊斯兰教手中夺回圣城耶路撒冷。
② 英格兰内战（English Civil War），一六四二年到一六四八年英王查理一世的支持者和议会的支持者之间的战争，最后查理一世战败，被处决。英格兰内战是英国资产阶级革命的开端。
③ 汉诺威王朝是在一七一四年到一九〇一年统治英国的王朝，首任君主为乔治一世，末任君主为维多利亚女王。
④ 《凡尔赛和约》（Treaty of Versailles）是第一次世界大战结束后德国与协约国签订的和平条约。
⑤ 文法学校（Grammar School）是英国的一种选择制学校，根据中学入学考试成绩选择最有才能的儿童入学。

之后，巴特利特就悄悄告诉他，费用可能稍微高了一点。昆恩觉得例汤加上腌猪腿和菠萝不会超过评审会的预算——即便最近预算有些吃紧。再来一杯红酒。他知道不管怎样都会点红酒的。他们很多人在牛津总是要喝红酒——就连吃多佛尔鲽鱼都要喝。

"我们还来得及再喝一杯吧？"历史委员会主席西德里克·沃斯把空杯子放在桌上，"各位，喝完酒，我们下午还要干活儿呢。"

昆恩忠实地收齐杯子，再次走到吧台，那里正好来了一群看起来很有钱的企业高管。他等了五分钟，但是完全没有平息心里隐约的恼怒，这种感觉在他头脑的角落里悄悄地滋长。

他回到桌边的时候，服务员正在让大家点菜。沃斯听说樱桃是罐装的，豆子是冻的，牛排是上星期送来的之后，就决定不点原来想点的菜了，而是点了蜗牛和龙虾，昆恩看到价格的时候心里一沉。价格是自己点的菜的三倍！他特意没有给自己买第二杯饮料（虽然他本来可以津津有味地再喝三四杯），然后有些悲凉地靠在椅背上，盯着墙上的牛津市中心的航拍照片。非常令人惊叹，真的。布雷斯诺斯学院、王后学院的方庭，还有——

"你不喝了吗，尼古拉斯老弟？"尼古拉斯！这是沃斯第一次叫他的教名，恼怒就像蜥蜴的眼睑那样迅速消失了。

"不喝了，我，呃——"

"听着，要是老汤姆·巴特利特抱怨开销太大，别理他！你想想看，评审会去年花了多少钱让他去中东，嗯？一个月！啊！只要想想那些跳肚皮舞的——"

"您想要点酒吗，先生？"

昆恩把酒水单递给沃斯，沃斯用工作的热情研读起来。"都要红酒？"但是这句话更像陈述句，而不是疑问句。"这酒看起来不错，老弟。"他用短粗的手指点着一种勃艮第葡萄酒,"年份也很好。"

昆恩注意到——而且他本来也知道——这是酒水单上最贵的酒,然后他依言点了一瓶。

"我觉得一瓶不够吧?我们有五个人——"

"我们应该要一瓶半,您觉得呢?"

"我觉得应该点两瓶。你们觉得呢,先生们?"沃斯看着其他人,他的提议被欣然接受。

"两瓶五号酒。"昆恩顺从地说。他的心里又充满了恼怒。

"请您现在就把它们打开。"沃斯说。


在饭店里面,昆恩坐在餐桌左边拐角处,沃斯坐在他的右边,正对面有两个人,还有一位同事坐在桌子的远端。这样肯定是最好的座位安排。虽然昆恩在沃斯说话的时候基本看不见他的嘴形,但是他们靠得很近,所以他勉强能够听见;其他人他都可以看得很清楚。看嘴形当然也有限制:如果说话的人只是在嘟囔,嘴唇没怎么动,或者用手挡住嘴,就没有多少用了;如果说话的人背过身,或者没有光线,那么就没有任何用了。但是在一般情况下,他能够做得相当好。昆恩六年前开始参加唇语班,惊奇地发现这有多么简单。他从一开始就觉得自己肯定有某种罕见的天赋:他在一年级超前得太多,两个星期之后,老师就建议他转到二年级;即便是在那里,他还是出类拔萃。他无法解释自己的天赋,即便对自己也无法解释。他觉得,有的人的天赋是踢足球或者弹钢琴;而他的天赋就是看嘴形,就是这样。没错,他看得相当准确,有时候简直觉得自己又能"听见"了。不管怎样,他并没有完全失聪。他右耳上(左耳的神经已经完全丧失功能了)的昂贵的助听器可以把近距离的声音放到足够大，甚至现在，他都能听到沃斯对着放在自己面前的蜗牛祷告。

"还记得老萨缪尔·约翰逊①怎么说的吗？'不在乎吃的人，就不能相信他会在乎任何事情。'总之，诸如此类的东西。"他把餐巾塞到腰间，然后虎视眈眈地盯着餐盘，就像吸血鬼正要享用一位少女一样。

酒很不错，昆恩留心观察沃斯是怎么喝酒的。非常优雅。他非常仔细地看了一遍标签，好像小孩子刚刚学习字母表一样，然后把手轻轻放在酒瓶颈上，试了试酒的温度；服务员朝杯子里倒了一英寸高的红色液体之后，他一滴也没有喝，而是不放心地嗅了四五次酒的香味，就像训练有素的阿尔萨斯狗②正在寻找炸药。"不错。"他最后说道，"倒吧。"昆恩会记住这一幕，并打算下次也试试看。"还有，把那该死的音乐关小一点。"服务员准备离开的时候，沃斯嚷道，"说话都听不见了。"音乐果然轻了几分贝，旁边一桌独自用餐的客人走过来表示感谢。而昆恩完全不知道正在播放背景音乐。

最后咖啡上来时，昆恩感到更加满足，还有一点晕晕乎乎。其实，他有些记不得是理查三世参加了第一次十字军东征还是理查一世参加了第三次十字军东征，或者两个理查都没有参加过十字军东征。生活又突然变得非常美好。他想到了莫妮卡，可能该去看看她——就一会儿——然后再开始下午的工作。莫妮卡……肯定是酒的缘故。

\* \* \*

---

①萨缪尔·约翰逊（Samuel Johnson，1709—1784），英国词典编纂家和诗人，曾编纂《英语词典》。
②阿尔萨斯狗（Alsatian），德国在十九世纪末期培育出的一种大型杂交犬，世界各国普遍用作警犬和军犬。

两点四十分,他们终于回到评审会办公楼。当其他人慢悠悠地走回楼上审阅室的时候,昆恩迅速走到走廊尽头,轻轻敲了敲右侧的门,门上的名牌写着"M.M.海特小姐"。他有些犹豫地推开门,向里张望。没有人。不过他看到收拾得很整齐的写字台上有一块镇纸,下面压了一张显眼的条子,他走进房间,拿起来看了看。"去保罗理发店。三点回。"他们的办公室生活就是这样。巴特利特从来不介意员工什么时候来什么时候走,这些都随意,只要把工作任务完成就行。不过,他坚持要求(几乎有些病态)所有人都得让他知道他们的准确位置。就是这样。莫妮卡去做头发了,她的头发真好看。没关系。不管怎样,他不知道自己要说什么。是的,这样也很好:他明天早上就能见到她。

他走到审阅室里,西德里克·沃斯靠在椅子上,眯着眼睛,皮肉松弛、似睡非睡的脸上露出无聊的笑容。"好吧,先生们。我们来看看汉诺威王朝好吗?"

# 2

十九世纪中叶,牛津大学经历了一次彻底的改革;到了十九世纪末,一系列委员会、法律和议案带来的变化改变了大学和城市的生活。大学开始开设新兴科学和近代史的有关课程;本杰明·乔威特①的贝利奥尔学院逐渐把学术高标准推广到其他学院;教授职位的设立把越来越多享誉全球的学者吸引到牛津;学院教师身份的世俗化开始削弱大学教学与管理的传统宗教框架;信仰天主教、犹太教和其他陌生宗教的年轻人被录取为本科生,无论愿意与否都要学习西塞罗②和金口约翰③的现象已成为历史。最重要的是,大学教育不再

---

①本杰明·乔威特(Benjamin Jowett,1817—1893),英国神学家和古典文学家,十九世纪英国最伟大的教育家之一,曾任牛津大学贝利奥尔学院院长。
②马尔库斯·图利乌斯·西塞罗(Marcus Tullius Cicero,前106—前43),古罗马政治家和演说家,曾任执政官,撰写过修辞学和哲学的重要著作。
③圣约翰·克里索斯托(St John Chrysostom,347—407),早期基督教教父,演说家,被称为"金口约翰"。曾经担任君士坦丁堡大主教,后来因为触怒东罗马帝国皇后而被流放。

集中在独身主义者和隐居的神职人员手中，他们之中有些人和吉本[①]的时代一样，清楚地记得自己有工资可领，只是忘了自己还有责任要履行；学院单身宿舍对很多新近聘用的教师和一些老教师不再具有吸引力。他们都纷纷结婚，为自己、妻子、孩子和仆人买好房子，搬到紧邻霍利维尔路、高街、宽街和圣贾尔斯路这些古老的精神中心去了；他们特别钟爱街道宽阔、绿树成荫的圣贾尔斯路以北的地区，伍德斯托克路和班布里路从这里分开，伸向牛津北部的原野，然后通往萨默顿村。

今天到牛津旅游的人如果顺着圣贾尔斯路向北步行，就会立刻注意到伍德斯托克路和班布里路。这两条路之间的街道两旁都是壮观的大型房屋，大部分始建于十九世纪后半叶。除了白漆窗框周围风化的黄色石块之外，这些三层楼房都由漂亮的红砖砌成，屋顶铺着橘红色的小方瓦，这些瓦片顺着一排排烟囱下面的斜坡铺下来，横在山墙的窗户上。现在这些房屋基本都不是独门独户。这些房子太大、太冷，而且保养起来太贵。房产税太高，工资太低（据说），家庭仆人正在迅速消失，剩下来的都要求主人在客厅里放上彩电。因此这些房子大都被分成公寓出租，改造成旅馆，出售给医生、牙医、外国学生的语言学校、大学系科和医院部门——而乔叟路那幢装备齐全的大房子则出售给了外国考试评审会。

班布里路和伍德斯托克路两条干道之间有一条相对安静的路，评审会大楼就在路边二十码开外的地方，楼前有一排高大的七叶树，基本挡住了好奇的目光。前门（没有后门）那里有一条弯曲的砂砾车道，足可以停上十几辆车。不过评审会的工作人员现在很多，停车位已经

---

[①] 爱德华·吉本（Edward Gibbon, 1737—1794），英国历史学家，曾经在牛津大学就读，著有《罗马帝国衰亡史》等作品。

不够用了,因此车道顺着大楼的左侧拓宽,通向大楼背后的一小块水泥庭院,现在的惯例是让大学毕业生在这里停车。

评审会的正式员工里有五个大学毕业生,四男一女,分别负责相应的学科领域,这些领域大体对应他们各自在大学里攻读的专业,还有他们参加工作之后教授的科目。评审会始终要求申请职位的毕业生必须在学校里教过至少五年书。五个毕业生的名字都用粗体蓝字母印在评审会官方信纸的顶端;十月三十一日星期五(昆恩参加历史委员会的审议之后第二天),在一楼一间卧室改成的大办公室里,五位速记打字员中的四位就在用这种信纸打印寄给国外学校(只有几所,但是正在增加)的校长的信件,这些校长都愿意把参加普通教育证书和高级教育证书这些公共考试的本校考生托付给仁慈而专业的评审会。四个打字的姑娘使用打字机的熟练程度各不相同;其中一个姑娘总要停下来删掉拼写错误或者粗心的字母颠倒;有时候信纸还会被打字机的滑架扯破。墨带虽然没事,但是上面的信件和底下的副本都只能被狠狠地扔进废纸篓。第五个姑娘刚才在看《女性周刊》①,但是现在也把杂志放到了一旁,拿出速记本。最好现在就开始。她顺手拿过尺子,工整地画掉信纸上的第三个名字。巴特利特博士坚持要求打字员在新的信纸印好之前手工更改每一页信纸——玛格丽特·弗里曼通常严格按照要求去做:

  T. G. 巴特利特,哲学博士,文学硕士,秘书

  P. 奥尔格比,文学硕士,副秘书

  ~~G. 布兰德,文学硕士~~

---

① 《女性周刊》(*Woman's Daily*),创刊于一九一一年,是英国销量最高的成年女性杂志。

  M. M. 海特小姐，文学硕士

  D. J. 马丁，文学学士

  她在最后一个名字下面打上"N．昆恩，文学硕士"——她的新上司。

  玛格丽特·弗里曼离开之后，昆恩打开文件柜，拿出历史考卷的草案，决定再看几个小时，然后就可以付印了。总的来说，他对生活非常满意。他的口述（这对他来说是全新的技巧）很顺利，他终于习惯了直接用语言表达想法，而不需要先写在纸上。他也是自己的老板，巴特利特善于分派工作，除非出了什么纰漏，否则他都会让下属完全自主。是的。昆恩喜欢自己的新工作。只有接打电话比较麻烦（他必须承认），而且非常窘迫。每间办公室有两部电话；白色的是内线电话，灰色的是外线电话。电话就在昆恩写字的办公桌的右侧，蹲在那里很有威胁；他祈祷电话不要响，因为每当柔和、隐约的铃声迫使他不得不拿起这部或者那部电话（他从来不知道是哪一部）的时候，他都无法克制心里的恐慌。但是那天早晨两部电话都没有响，昆恩可以静静地集中注意力，把一系列议定的修改内容写进历史考卷里。到十二点三刻的时候，他已经校好了四张考卷，惊喜地发现上午的时间流逝得这样快。他把考卷锁了起来（巴特利特对安全问题毫不含糊），然后开始想象莫妮卡会不会去"骏马小号"酒吧（他原先误听成"无赖婊子"酒吧）喝酒吃三明治。莫妮卡的办公室就在正对面，他轻轻地敲了敲门，然后推开。她不在里面。

* * *

骏马小号酒吧的休息室里，一个满头直发的高个子小心地挤过排得很紧的桌子中间，走到最远的角落里。他左手端着一盘三明治，右手端着一杯杜松子酒和一杯苦艾酒，坐到一位女士旁边。她有三十多岁，坐在那里抽烟，样子非常迷人。坐在周围的男士不止一次地扫来欣赏的目光。

"干杯！"他举起酒杯，把鼻子伸进泡沫里。

"干杯！"她抿了一口杜松子酒，然后熄掉了烟。

"你有没有想我？"他问道。

"我太忙了，没有时间想谁。"听着不大热情。

"我一直都在想你。"

"是吗？"

他们陷入了沉默。

"必须结束——你明白，不是吗？"她第一次径直望着他的脸，看到他的眼里满是忧伤。

"你说你昨天非常开心。"他的声音很低。

"我当然非常该死地开心。这不是关键，对吗？"她的语气里透出恼怒，而且她说话的声音有些过大。

"嘘！我们不想让所有人都听见，对吗？"

"好吧，你真是愚蠢！我们不能这样下去了！如果到现在还没有人怀疑的话，那么他们肯定是瞎了眼。必须停止！你有老婆。我倒是没有太大关系，但是——"

"难道我们不能——"

"听着，唐纳德，答案是'不行'！这件事我想过很多……而且，好吧，我们必须结束，就是这样。我很抱歉，但是——"这样非常危险，而且她最担心巴特利特会发现。凭着他的维多利亚式道德观……

25

他们走回办公室的时候一言不发，但是唐纳德·马丁其实并没有看上去的那么伤心。这样的谈话之前发生过很多次，但是他每次都能看准时机，然后她都会投怀送抱。只要她没有其他渠道发泄自己在性方面的不快，他就总能有机会得到她。只要他们在她的平房里，锁上房门，拉上窗帘——天哪！她可以变得这样热辣。他知道昆恩曾经带她出去喝过一次酒；但是他并不担心。还是他其实担心？两点差十分的时候，他们走进评审会办公楼，这时候他突然第一次开始想到，自己可能还是有点担心那个戴着助听器、眼睛大而诚实、貌似无辜的昆恩。

菲利普·奥格尔比听到莫妮卡走进了办公室，当天就没有再去想她。他的办公室是走廊右手边第一间，隔壁就是秘书的办公室，再旁边是莫妮卡的办公室——就是走廊的尽头。他喝完第二杯咖啡，拧上保温杯，然后合上过期的《真理报》[1]。奥格尔比在评审会工作了十四年，不过他在现在和以前的同事眼里一直是一个谜。他今年五十三岁，单身，脸庞清瘦而严肃，表情总是悲伤而疲倦。他剩下来的头发已经发灰，人生的剩余部分显得更加灰暗。他年轻时爱好非常广泛，而且颇为奇特：莫里斯舞[2]，维多利亚式灯柱，鸢尾，蒸汽机车和罗马钱币；他以优异的一等学位从剑桥毕业之后，就直接进了一所著名的公学担任高级数学教师，生活好像就是成就卓越的职业坦途。不过他缺少进取心，当年就是如此；三十九岁的时候，他就调到了现在的职位，

---

[1]《真理报》(*Pravda*)，一九一八年到一九九一年间苏联共产党中央委员会的机关报。
[2] 莫里斯舞 (Morris dance)，一种祭祀形式的传统舞蹈，出现于英国，显著特征是跺地和蹦跳。

只是因为他模糊地认为自己在一个地方待了太久，而自己完全可以走出来，尽量轻松地换个环境。他的人生乐趣只剩下了很少几样，而这里面最主要的就是旅游。每年六个星期的假期很难让他过瘾，至少他不错的薪水能够让他去很远的地方旅行，去年夏天他就在莫斯科待了两个星期。除了做巴特利特的助手之外，他还负责数学、物理和化学；因为办公室里的其他人（包括语言学出身的莫妮卡·海特）都不像他那样精通一些小语种，因此他还要尽量应付威尔士语和俄语。他对同事显得非常不感兴趣；即便是对莫妮卡，他的态度也像是脾气温和的女婿对待丈母娘一样。同事已经接受了他的样子：他比大家都聪明，管理工作完全胜任，社交上一窍不通。在牛津，只有一个人了解他的另一面……

三点二十分，巴特利特拨通了五号线。

"是你吗，昆恩？"

"您好？"

"马上到我的办公室来，好吗？"

"很抱歉。我听得不太清楚。"

"我是巴特利特。"他几乎要对着电话吼起来。

"哦，很抱歉。您知道的，巴特利特先生，我听得不太清楚。我马上就去您的办公室。"

"那就是我要你做的事！"

"请原谅？"

巴特利特挂上电话，深深地叹了口气。他以后再也不会给这个人打电话了，别人也不要打。

昆恩敲了敲门，走了进来。

"请坐，昆恩，我来向你解释一下情况。昨天你去开会的时候，我和其他人具体商量了我们下星期的小，呃，庆祝会。"

昆恩可以很容易地理解这些话。"您是说中东酋长的那个会吗，先生？"

"没错。那个会议非常重要。我希望你明白这一点。评审会最近几年才刚刚收支平衡，而且——好吧，幸亏我们和这些新兴产油国有一些关系，不然我们可能很快就要破产，实际情况就是这样。现在，我们已经同我们在那里的学校取得联系，而他们希望我们考虑的事情之一就是新的历史教学大纲。开始只修订普通教育证书。你知道那种东西：苏伊士运河，阿拉伯的劳伦斯[①]，殖民主义，呃，文化遗产，资源开发。诸如此类。对我们来说，这些该死的东西比伊丽莎白一世之类更加要紧，明白吧？"

昆恩茫然地点了点头。

"大概就是这样。我希望你下个星期之前考虑一下。写出一些想法。不用太具体。只需要梗概。然后拿给我看看。"

"我试试看，先生。不过，您能再重复一点吗？比'一组隐喻'更好，您刚才说？"

"伊丽莎白一世，伙计！伊丽莎白一世！"

"哦，是的。抱歉。"昆恩苦笑了一下，非常窘迫地走出办公室。他真希望巴特利特偶尔可以试着稍微动一动嘴唇。

昆恩离开之后，秘书半闭着眼睛，撇着嘴，好像刚刚喝下一大杯醋，然后露出了牙齿。他又想到了鲁普。鲁普！那个人真是个该死的蠢货！

---

[①] 托马斯·爱德华·劳伦斯（Thomas Edward Lawrence, 1888—1935），绰号"阿拉伯的劳伦斯"，英国军人和作家。

# 3

整个十月,英镑的走势是大家都关注的话题,虽然消息令人沮丧。所有电台和电视台的新闻板块都报道了(精确到小数点后两位)英镑对美元和其他欧洲货币实际贬值:早晨英镑走低,但是在随后的交易里略有反弹;早晨英镑态势稍好,但是随后针对欧美的竞争货币有所动荡。英镑好像偶尔能从病床上坐起来,向世界证明自己的死亡报告有所夸张;但是这种努力似乎都会让它不堪重负,很快它就再次躺倒,旧疾复发,重病缠身,几乎垮掉——直到最后它又撑着胳膊挣扎了起来,朝着四周焦急等待的外国金融家眨了几下眼,然后在国际货币市场上涨一两个点。

不过,尽管这个秋天的收支失衡越来越明显,尽管巨额石油赤字只能依靠国际货币基金组织的贷款来弥补,尽管失业率揪心地上升到出人意料的高度,尽管破产法庭正在享受前所未有的业务,尽管外国投资者认定伦敦再也配不上他们长期积累的资金盈余——尽管如此,我们的外国朋友仍然对英国教育制度的功效抱有坚定而宝贵的信心;而且,换句话说,他们依然信任英国公共考试制度的公平和公正。嘿哟!

十一月三日星期三的晚上,很多人正在走向牛津各家宾馆的房间:商务旅行者和小生意人;国内外的游客——每个人都会根据自己的商务支出、生活补助、旅行支票或者假期存款选择不同的酒店,便宜的宾馆和奢侈的宾馆;大部分比较便宜,尽管已经够贵了——天知道!那些酒店有些房间的水池一直漏水,整夜发出淅淅沥沥的声音;有些房间的窗框坏了,破地毯下面的地板踩上去吱吱作响。但是贾马拉酋长国的三位特派员都安稳地住在谢里丹宾馆最好的房间里。当天傍晚,他们吃了很多,喝了少许,慷慨地给了小费;然后他们依次走上楼,躺进干净清爽的白色被褥里。家庭问题,个人问题,健康问题——这些问题肯定都会打扰他们沉静的睡眠,不过他们绝不会担心钱的问题。第二次世界大战结束之后的几年里,他们国家看似贫瘠的沙地下面发现了储量巨大的优质石油。阿赫迈德·杜巴尔酋长的叔父是一位仁慈而相对谨慎的专制君主,他不仅保证了美国资本开采石油,而且显著改善了贾马拉国大部分居民的生活。公路、医院、购物中心、游泳池和学校不仅有了规划——而且正在建设;在这种越来越西化的社会里,富人都希望自己的子女获得更好的教育;现在,他们和外国考试评审会建立联系已经有五年了。

为期两天的会议从十一月四日星期二上午十点开始,先前的咖啡时间，大家纷纷握手，相互介绍，致以微笑和寒暄。皮肤黝黑的阿拉伯人几乎都穿着深蓝的西装，还有洗得发亮的白衬衣和素色的领带。昆恩之前非常担心今天的会议，不过很快就放心下来，那些阿拉伯人都能说非常标准和流利的英语，虽然偶尔用词略显不够地道，不过发音非常清楚，而且（对昆恩来说）非常好懂。总的来说，两天过得很快，而且非常愉悦：全体会议，单独会议，全体讨论，单独讨论，活跃的交谈，精致的食物，咖啡，雪利酒，葡萄酒。整个活动取得了很大的成功。

星期三晚上，阿拉伯人订了谢里丹宾馆的迪斯累里[①]包间，举办告别宴会。考试评审会的全体常任雇员，偕同他们的妻子或情侣，还有评审会监管机构的所有成员，都应邀参加这次聚会。阿赫迈德酋长穿着耀眼的中东长袍，坐在穿着制作精良的淡紫色裙装、光彩夺目的莫妮卡·海特旁边；唐纳德·马丁旁边坐着他相貌平平的妻子，她的裙子起了皱，黑色的毛衣上满是头皮屑，这让马丁感到愈加生厌。酋长显然整晚都霸着漂亮的莫妮卡，不时向她靠过去，朝她报以灿烂的微笑——亲密而信任。她也朝着他微笑——殷勤、满足、诱人……昆恩当然都注意到了，他吃完番茄酱蘸虾之后，更加严密地盯着他们。酋长英语说得很流利，但是他的话是否只是针对莫妮卡，昆恩并不知道。

"你们英国人曾经跟我说过，海特小姐：

牡蛎含情脉脉，

龙虾暗送秋波，

---

[①] 本杰明·迪斯累里（Benjamin Disraeli, 1804—1881），第一代俾康斯菲尔德伯爵，英国政治家，出身犹太人家庭，后皈依英国国教，对英国外交贡献卓著。

但是虾子——我的神啊！"

莫妮卡笑了起来，靠近酋长耳边说了些什么，昆恩没有看出来。他真愚蠢，还抱什么希望！然后他看懂了他们谈话的另外一小段，而且他知道这些话肯定说得非常轻。他感到心跳越来越强烈，越来越快。他肯定是看错了……

到了半夜，参加宴会的人大概还剩下三分之一。菲利普·奥格尔比喝得比谁都多，不过他好像是这些人里唯一显得清醒的；马丁夫妇已经先回家了；莫妮卡和阿赫迈德酋长未经解释消失半个多小时之后，突然又重新出现了；巴特利特还在大声说话，非常担忧的妻子已经数次提醒他，杜松子酒已经让他口齿不清了；有个阿拉伯人正在和酒吧的女侍者认真地讨价还价；评审员里只有主任、沃斯和鲁普好像还能把活泼的节奏保持更长时间。

凌晨十二点半，昆恩认为自己必须走了。他感到很热，而且有点恶心，他走进男卫生间，把头靠在墙上挂着的冰凉的镜子上。他知道自己第二天早晨会很难受，不过他还得开车回到基德灵顿的单身公寓。他为什么不能明智一些，叫辆出租车呢？他往脸上泼了些水，又用凉水冲了冲手腕，梳了梳头，感觉稍微好了一些。他要去致谢，道别，然后离开。

现在只剩下几个人了，他回到包间的时候，几乎感到自己像个外人。他想引起巴特利特的注意，但是巴特利特正忙着和阿赫迈德酋长说话，昆恩有些徒然地张望了几分钟，最后只好坐了下来，再次望着东道主。但是他们还在说话。然后奥格尔比加入了他们；不久，鲁普走了过去，巴特利特和奥格尔比就走开了；再后来，主任和沃斯来了；最后是莫妮卡。这些人来回走动的时候，昆恩简直看呆了，努力弄清他们究竟在说什么。他望着他们的嘴唇,既感到内疚,又感到陶醉,仿佛自己就站在他们旁边。他凭直觉感到一些话肯定说得非常轻;但是大部分话对他来说非常清楚,好像是通过扩音器喊出来的。他记得有一次(当时他的听力还比较好),他拿起电话的时候听到串线的声音,一个男人正在和情妇安排幽会,并且憧憬着即将到来的偷情欢愉……

巴特利特看到了他的目光,朝他走了过来,阿赫迈德酋长跟在身后,他突然感到害怕。

"好吧?你玩得开心吧,我的孩子?"

"是的,当然。我——我只是等着感谢你们两位。"

"我也感到很荣幸,昆恩先生。"阿赫迈德露出灿烂的微笑,伸出了右手,"我们希望很快能再见到你。"

昆恩出了门,走到圣贾尔斯路上。他没有注意,有位客人已经紧紧盯着他看了几分钟;他突然非常吃惊地感到有只手按在他的肩膀上,于是转过脸去,望着那个一直跟着他走到轿车前面的人。

"我想和你谈谈,昆恩。"菲利普·奥格尔比说。

第二天十二点半,昆恩停下工作,抬起头。整个上午他都在试图集中注意力,但是几乎无法做到。他没听到敲门声,却看到有人推开了门。是莫妮卡。

"你想带我出去喝一杯吗,尼古拉斯?"

# 4

十一月二十一日星期五,有个三十岁出头的人从帕丁顿乘火车回到牛津。他很容易便找到了一节空的头等车厢,靠在座椅上,然后点燃一支香烟。他从公文包里拿出一个寄给他的鼓鼓囊囊的信封("退信请寄至国外考试评审会"),抽出几份很长的报告。他从衣服内袋里取出圆珠笔,开始写下断断续续的批注。不过他是左撇子,而打印得满满的纸上只有右边有很少的空隙,因此这项任务很麻烦;城际列车全速驶过北郊的时候,显得更不方便。倾斜的雨点打在脏兮兮的车窗上,留下平行的条纹;他茫然地望着萧瑟的秋景,电线杆越来越快地把电线拉走;当他试图把注意力引回乏味的文件的时候,发现自己很难集中精神。快到雷丁的时候,他走到餐车里,要了份威士忌,然后又要了一杯。他觉得好点了。

四点钟的时候,他把文件放回信封里,画掉自己的名字"C.A.鲁普",写上"T.G.巴特利特"。他不喜欢巴特利特这个人——而且无法掩饰，但他非常尊重巴特利特的丰富经验和管理能力，再说他答应过下午把文件交到评审会。巴特利特要求，每次会议备忘录定稿之前一定要让所有参会成员都过目。而且——鲁普必须承认——这种严密审核备忘录的做法极为明智。不管怎样，这些该死的文件终于看完了，鲁普合上公文包，又开始望着窗外的雨。旅途比他预想得要快，几分钟之后，牛津那些湿漉漉的灰色尖塔就出现在右侧的窗外，然后火车开进了站台。

鲁普走过地道，耐心地在检票口后面排队，又考虑了一下自己是否应该找这个麻烦。但是他知道自己应该。他从钱包里掏出当天往返的二等座票，递给检票员。"恐怕我欠您一些差价。我回来坐的是一等车厢。"

"查票的人没来吗？"

"没有。"

"好——吧。那么其实没什么关系，不是吗？"

"您确定？"

"希望人人都像您这样诚实，先生。"

"如果您这样说，那么好吧。"

鲁普叫了出租车，在评审会下了车，大方地给了司机小费。周围办公楼的顶层透出昏黄色的长方形光亮，评审会大楼外面的大树在阴沉的天空下面显得更加昏暗。天上还在下雨。

查尔斯·诺克斯现在担任评审会勤杂工这一重要职位，在这类人中，他相对年轻并乐意帮忙，脾气还没有因为多年反复料理开关窗户、打磨地板、管理锅炉、设置报警铃这些事情而变得讨厌无趣。鲁普进门的时候,他正在给一楼的走廊更换日光灯管。

"你好,诺克斯。秘书在吗?"

"不在,先生。他整个下午都不在。"

"哦。"鲁普敲了敲巴特利特的门,朝里面看了看。灯开着,但是鲁普知道每间办公室的灯都开着。巴特利特总是声称,开关日光灯消耗的电可以让灯亮上四个小时,所以整个办公楼的灯整天都亮着——为了节约。有一瞬间,鲁普觉得自己听到了屋里有什么噪声,但是那里什么也没有。只看到桌上有一张纸条,上面写着:"星期五下午去班布里。可能五点左右返回。"

"他不在里面,对吗,先生?"诺克斯从小梯子上下来,站在外面。

"不在。不过不用担心。我和其他人说一声。"

"没有几个人在这里,我觉得,先生。要我帮您看看吗?"

"不。不用麻烦了。我自己去看看。"

他敲了敲门,把头伸了奥格尔比的办公室。奥格尔比不在。

他试了试马丁的办公室。马丁不在。

他又轻轻敲了敲莫妮卡·海特的门,向前探身,听听里面有没有回应,这时候勤杂工又出现在光线明亮、打磨光滑的走廊里。"毕业生里好像只有昆恩先生还在,先生。至少他的车还停在后面。我觉得其他人肯定都走了。"

山中无老虎,鲁普心想……他推开莫妮卡的门,朝里面看了看。房间非常整洁,写字台上什么都没有,皮椅利落地推到了写字台下面。

门房帮他推开了昆恩的门,鲁普跟在他后面朝里看了看。椅子上挂着一件绿色的防水外套,离门最近的柜子最上面一个抽屉敞开着,里面是一排黄色的文件盒。写字台上的廉价镇纸下面压着给打字员的便条。但是昆恩不在里面。

鲁普经常听说，巴特利特曾经对员工做出详细的指示，员工的首要职责是保证全部有关考卷事项的绝对安全，而且员工留下便条告知去向也很重要。"至少他给我们留了便条，诺克斯。比其他某些人要好。"

"不过，我觉得秘书看到这个不会太高兴。"诺克斯重重地合上文件柜顶层的抽屉，然后拧上锁。

"对那种事情有点顽固，不是吗——老巴特利特？"

"对什么事情都有点顽固，先生。"但是不知为什么，诺克斯设法表达了一种感想，如果他得站在某个人一边，他就会支持巴特利特。

"你不觉得他过于大惊小怪了吗？"

"不觉得，先生。我是说，进办公室的什么人都有，不是吗？您在这种地方不能不小心些。"

"是的。你说得完全正确。"

诺克斯感到心满意足，表达了自己的观点之后，他也多少认可了鲁普的怀疑。"您别介意，先生，我觉得他本来可以挑个更暖和的星期搞防火演习。"

"他让你们搞防火演习，是吗？"鲁普露齿一笑。他从学校毕业之后就再也没做过防火演习。

"我们今天就搞了一次，先生。十二点。他把我们都叫到这里，在冷风里站了一刻钟左右。冻死了。我知道这里有点太热了，但是……"诺克斯正准备开始抱怨自己完全无法料理评审会古老的供暖系统，不过鲁普对巴特利特的兴趣好像大得多。

"一刻钟？这种天气里？"

诺克斯点了点头。"您别介意，这个星期早些时候他就都提醒过我们了，所以我们都准备了厚衣服之类的东西，而且那个时候没有下雨，感谢上帝，不过——"

"不过，为什么要站那么久？"

"好吧，现在这里有不少固定员工，我们得在名单上签到。嘿！就像我们在学校里一样。而且秘书跟我们谈过……"

但是鲁普没有听下去，他不能整晚站在那里和勤杂工聊天，于是他开始慢慢走过走廊。"有点奇怪，不是吗？上午大家都在这里，下午一个人也没有！"

"您说得对，先生。您确定我帮不了您吗？"

"不用，不用。没关系。我只是过来把这个信封交给巴特利特。我就放在他的写字台上。"

"先生，我把灯管安好之后就上楼喝杯茶。您想喝一杯吗？"

"不用，我得走了。总之，谢谢你！"

鲁普用了门口旁边的男卫生间，然后才意识到楼里有多热：就像走进了土耳其浴室。

巴特利特本人正在向班布里的一些校长阐述公共考试改革的问题。他威严而幽默地提出最后一个问题的时候，鲁普正好坐上出租车前往评审会。他很快就要驾驶着自己得意和钟爱的范登普拉斯轿车，以稳定在六十英里的时速，开完到牛津二十多英里的路程。他住在牛津城西郊的博特利，开车的时候，他盘算着是先回办公室还是直接回家。但是在基德灵顿，他碰上了傍晚常见的堵车。他艰难驶过牛津北部边缘的环岛的时候，决定顺着环线向右转弯，而不是直接开往市中心。可能晚些时候他会去办公室，等到晚高峰过去之后。

他到家的时候刚过五点，妻子告诉他有好几个电话，而就在她告诉他细节的时候，那个该死的东西又响了。她真希望他们有个通讯录上没有的电话号码！

十一月二十二日星期六，这天和大多数星期六没什么不同，报警铃到八点半才关，比工作日迟一小时。冬天的几个月里，星期六很少有人来上班，所以这天早晨整个大楼看起来完全没人。奥格尔比走了进来，脚步非常轻。地板蜡的味道就像电影院座位和图书馆的旧书，引得他回想起早年读书的岁月，但是他正在考虑别的事情。他挨个看过一楼的所有房间，确信没有人在附近。但是他凭直觉意识到：楼里面只有神秘怪异、四壁回声的空旷感，房门轻柔的咔嗒声只能更加突出这种感觉。他走进自己的房间，拨打了一个号码。

"早上好，秘书。希望我没有吵醒您？没有？啊，很好。您看，我知道这听起来有点愚蠢，但是您能不能告诉我星期六早晨的警铃什么时候关？我得……八点半？好的，我觉得也是，不过我就是想确认一下。我不想……没有。奇怪，真的。我不知为什么觉得有了什么变化……不，我明白。好的，很抱歉打扰您。对了，班布里的会议开得还顺利吗？……很好。好吧，我先挂了。"

奥格尔比走进巴特利特的房间。他迅速环视四周，然后拿出自己的钥匙。从博特利开车过来至少需要二十分钟，他或许能给自己留出至少半个小时的时间。不过奥格尔比是个谨慎的人，他只给自己留出了二十分钟。

二十分钟之后，他坐在了自己的办公桌前，听到有人走进大楼，好像几乎是在同时,他的门就开了。

"你进来没事吧,菲利普?"

"没事,谢谢。今天早晨警察局里不会响铃的。"

"好。"巴特利特镜片后面的双眼眨了眨,"我,呃,有几件东西想清理一下。"他关上门,走进自己的办公室。他当然知道发生了什么。他是个聪明人,奥格尔比关于警铃的借口实在非常蹩脚。不过他到底在找什么?巴特利特打开文件柜,然后打开抽屉——所有东西都在。好像没有什么东西被拿走。那里有什么可拿的?他靠在椅子上,皱起了眉头:整个古怪的事情让他心神不宁。他顺着走廊走到奥格尔比的办公室,然而奥格尔比已经走了。

# 5

莫尔斯径直望着面前的大镜子，理发师把手镜举到他的身后，他仔细端详里面反射的映像，觉得自己的后脑勺就是自己心目中的高贵颅骨。理发师把手镜举到后颈左面，莫尔斯面无表情地点了点头，然后换到右面，他又点了点头，面前的梳妆台上放着白色的发油，看起来非常油腻，理发师建议他抹一点，他没有同意，而是像揭幕的雕像一样从椅子上站起身，接过理发师递过来的卫生纸，使劲擦了擦脸和耳朵，然后伸手去掏钱包。这样感觉好多了！他的头发开始越长越多、乱蓬蓬地在领子上面打卷的时候，他总是很不高兴，哀叹自己的头顶为什么长不出这样茂密的头发。他大方地给了理发师小费，然后走到门外萨默顿的街道上。虽然最近几天没有那么冷，但是仍然下着毛毛细雨，他决定坐公共汽车回家，他的单身公寓就在牛津北部的尽头。现在是十一月二十五日星期二上午十点十五分。

总部不会有什么需要立刻处理的重要工作，而且不管怎样，他都要先回家。这是莫尔斯的仪式。还是刚刚参军的年轻人的时候，刺痒的背心、刺痒的衬衫和刺痒的裤子这些后勤问题就几乎让他发疯。他的母亲告诉过他，他的皮肤极为敏感——他相信她的话。理发之后都是这样。他会脱掉衬衫和背心，把头浸在倒满热水的洗脸池里。完美！他要用洗发液洗两次头发，然后用毛巾彻底擦一擦脸和耳朵。然后他会用毛巾搓背，擦干头发，冲掉洗脸池两边的头发碎屑，换上干净的衬衫和背心，最后站在浴室镜子前面精心地梳理自己的头发。

但是今天上午的情况不太相同。他正要把第二遍药物洗发液冲掉的时候，电话铃响了。他粗鲁地骂了一句。该死，是谁？

"刚才就想能在家里找到您，长官。没有人看到您在办公室。"

"那又怎样？我刚理完发。不是有案子发生吧？"

"您能马上过来吗，长官？"刘易斯的语调突然沉重起来。

"给我五分钟。怎么了？"

"我们发现一具尸体，长官。"

"你在什么地方？"

"我在警察局里打电话。您知道派恩伍德巷吗？"

"不知道。"

"好吧，我觉得您最好先到局里来，长官。"

"好。在那里等我。"


斯特兰奇高级警督也在等他。他站在基德灵顿泰晤士河谷警察局总部门外的台阶上，显得很焦急，莫尔斯匆忙停好蓝旗亚轿车，然后跳了出来。

"你去哪里了，莫尔斯？"

"抱歉,长官。我去理发了。"

"你什么?"

莫尔斯一言不发,浅灰色的眼睛里没有闪现一丝内疚或者不悦。

"很好的广告,嗯?警方管理和保护的公民被人杀害,而我这里唯一当值的高级探长正在理他该死的头发!"

莫尔斯什么都没有说。

"听着,莫尔斯。你负责这个案子——明白吗?如果需要的话,刘易斯可以帮你。"斯特兰奇转过身去,突然又想起了什么,"而且,在你把这摊事情处理完之前不准再理发——这是命令!"

"我可能不用再理发了,长官。"莫尔斯朝着刘易斯开心地眨了眨眼,然后先一步走进了他的办公室里。"后面看起来怎么样?"

"非常不错,长官。他们剪得非常好。"

莫尔斯靠在黑色皮椅上,朝着刘易斯微笑。"好吧?你有什么要告诉我的?"

"是个叫昆恩的家伙,长官。住在派恩伍德巷一幢半独立别墅的一楼。他看起来已经死了有一阵子了。被人毒死的,我并不怀疑。他在——"

"以前在。"莫尔斯咕噜道。

"——伍德斯托克路附近的外国考试评审会工作;他的一个同事不放心,过来看看他,结果发现他死了。我大概是九点三刻接到的电话,马上就和迪克森一起去那里迅速勘察了一下。我把他留在了那里,然后回来给您打了电话。"

"好吧,我在这里,刘易斯。你要我做什么?"

"我了解您,长官,我觉得您可能会要我逮捕那个发现他的人。"

莫尔斯咧嘴一笑。"他在这里吗?"

"在审讯室里。我有一份他的证言草稿,不过还要完善一下再让他签字。我想您要见他?"

"没错,不过不是现在。车准备好了吗?"

"就在外面,长官。"

"希望你还没有把法医部的家伙叫过来吧?"

"没有。我觉得应该等您吩咐。"

"很好。去把你的证言整理好,我过十分钟左右在外面等你。"

莫尔斯打了两个电话,又梳了梳头,心情极好。


派恩伍德巷是一条狭窄而普通的新月形街道,这里五十多年前就建了八幢半独立别墅,现在正在慢慢衰落,变成颇显高贵的古董。警车开进派恩伍德巷的时候,几张面孔在一楼的网眼窗帘后面窥视。房子周围的木栅栏大多数已经东倒西歪,只能勉强保持直立的姿态,油漆退光的板条摇摇欲坠,发霉的横木被雨水浸透,已经腐朽不堪。街道的两端还有当初建筑工人留下用于建造车库的大块空地,身材魁梧的迪克森警官站在最左侧的房子门口,两脚踩着没有上漆的车库前面潮湿的水泥地,正在和一个五十出头的女人说话,那个女人就是这幢房子的房东,而且出租了周围六七座房子。不过,无论她的各种收入给她带来了多少利益,她的穿着似乎显不出她的富裕——她没有穿丝袜,正把一件破旧的外套紧紧地往肮脏的白衬衣上裹,莫尔斯和刘易斯下了车。

"智囊们来了,夫人。"迪克森嘟囔着,然后走上前去迎接高级探长,"这位是贾丁夫人,长官。她是这里的房东,就是她带我们进去的。"

莫尔斯友好地点了点头,从迪克森手里接过弹簧锁钥匙,让他把贾丁夫人带到警车那里,给她做一份笔录。他自己背对房子静静地站了一会儿,环顾四周。椭圆形的条石路缘里面有一丛茂密的矮树和杂乱的灌木,把房子和主干道隔了开来,让这条新月形街道显得颇为清静。不过这条弯曲的道路疏于保养,地面坑坑洼洼,人行道旁边还有一条长长的不规则黑色裂口,里面的水管最近又被挖了出来。排水沟里堆满潮湿的黄叶,一号门口的路灯也被人弄坏了。旁边一家的前门推开了几英寸,一位中年妇女朝活动中心投去好奇的眼神。

"早上好。"莫尔斯轻快地说。

门立刻关上了,莫尔斯转身查看车库。虽然用来锁门的门闩没有推到位,可是他什么也没有碰,只是透过顶上的玻璃嵌板朝里面瞥了一眼。他看到里面是一辆深蓝色的莫里斯1300型轿车,车门到墙壁之间的距离不到一英尺。他走到前门那里,插进了钥匙。"好技术,他不开凯迪拉克,刘易斯。"

"以前不开。"刘易斯小声纠正道。

派恩伍德巷一号的前门通向一条狭窄的过道,楼梯靠着左侧的墙壁,底部有一排衣架。莫尔斯站在里面,指着右手边的门。"就是这间?"

"隔壁那间,长官。"

门关着。莫尔斯掏出钢笔,小心翼翼地按下门把手。"我希望你没有把指纹留得到处都是,嗯,刘易斯?"

"我也是这样开门的,长官。"

房间里面的电灯仍然开着;暗橙色的窗帘拉着;煤气炉燃着小火;地毯上躺着一个年轻人的尸体,姿势就像胎儿一样。火炉旁边有两张很旧但是看上去很舒服的扶椅,右边有一张低矮的罩光漆咖啡桌,上面有一瓶干雪利酒,几乎是满的,还有一只外表廉价的雪利酒玻璃杯,几乎是空的。莫尔斯弯下腰,闻了闻里面淡色的透明液体。"你知道吗,刘易斯,百分之十八左右的男人和百分之四左右的女人闻不出氰化物。"

"那么,那就是毒药?"

"闻起来是的。桃花,苦杏仁——随你选。"

死者面朝火炉,他们把他的脸拨过来对着他们,莫尔斯跪下来看了看。扭曲的嘴边有一点白沫干燥后的硬皮,满是胡须的下巴死死咬紧;眼睛圆睁,瞳孔放得很大,脸上的皮肤呈现出病态、布满斑点的蓝色。"都是典型症状,刘易斯。这次我们都不需要验尸了。氢氰酸。不管怎样,法医马上就会来的。"他站起身,走到窗帘旁边,窗帘上次洗的时间不会太近,已经明显缩水,顶端有一些裂口。莫尔斯可以看到外面有一个小花园,里面散落着杂草,远端有一小块菜地,左边的栅栏缺了一段。不过这些景象在他眼里似乎没有多大意义,他又把注意力转回到房间里面。火炉对面的墙边有十几捆书,都用粗绳子整齐地捆了起来,还有一个深红木的餐具柜,左侧的门敞开着,里面有一些各式各样的平底杯和玻璃杯,还有一瓶没有开封的威士忌。到处都显得非常干净整洁。火炉左侧的浅壁凹里放着一个小字纸篓;篓子里有一团纸,莫尔斯拿了出来,放在餐具柜上面轻轻展开:

昆恩先生。今天下午我没能打扫完卫生,因为埃文斯先生生病在家,我得去医生那里给他拿一张处方。如果您方便的话,我六点之后就回来把卫生打扫完。

A. 埃文斯(夫人)

莫尔斯把便条递给刘易斯。"有意思。"

"您觉得他死了多久,长官?"

莫尔斯低头又看了看昆恩,耸了耸肩。"我不知道。两三天,我估计。"

"奇怪的是之前没有人发现。"

"是——啊。你说他只有楼下这几间屋子?"

"贾丁夫人是这样说的。平时楼上还住着一对年轻夫妇,不过妻子正在约翰·拉德克利夫医院待产,丈夫在考利上夜班,现在和父母住在牛津的什么地方。"

"嗯。"莫尔斯好像正要离开,但是突然停了下来。门底被简单刨过,可以在地毯上开关,下面有明显的穿堂风,不时让煤气炉里微弱的蓝色火苗摇曳起来,变成更加明亮的黄色火焰。

"很有趣,不是吗,刘易斯?如果我住在这间屋里,我不会把扶手椅放在正对着穿堂风的地方。"

"好像他是这样放的,长官。"

"我不知道,刘易斯。我不知道他有没有这样放。"

前门铃响了,莫尔斯让刘易斯去开门。"告诉他们随时可以开始。"他走出房间,进入房子后面的厨房。到处都非常整洁。铺着红色塑料板的桌子上放着刚刚买来的东西:装在塑料盒子里的半打鸡蛋;半磅黄油;半磅英国切德奶酪;两大块玻璃纸包着的优质牛排;还有一个棕色纸袋装满了蘑菇。食品旁边卷着优质超市的收据,浏览的时候,莫尔斯灰色的眼睛里闪烁了一丝兴奋。

"刘易斯!"

这里没有其他特别有趣的东西:一个水池,一个煤气炉,一台冰箱,两把厨房凳,后门旁边楼梯下面的空间里还有一个食品柜。刘易斯正在和法医聊天，于是走到门口。"长官？"

"那里情况怎么样？"

"医生说他是中毒身亡。"

"非常有趣——医学，刘易斯！但是我们现在还有其他事情要操心。我要你列一份冰箱和食品柜里所有食物的清单。"

"哦。"刘易斯几乎在想自己这样警衔和资历的人不应该做这种四级办事员的琐事。不过他以前和莫尔斯共事过，知道不管这位高级探长有什么其他毛病，他也很少会在琐碎、无谓的事情上浪费自己和别人的时间。他听见自己说，会去列清单的——马上开始。

"我要回警察局，刘易斯。你在这里等我回来。"

莫尔斯在外面看见迪克森和贾丁夫人站在警车旁边。"我要你开车送我回总部，迪克森。"他转身面对贾丁夫人。"您给了我们很大帮助。非常感谢您。您有车吗？"

房东点了点头，然后走开了。其实她感到失望，她在调查里的小角色似乎已经结束了，这个好像在负责的粗鲁的人都不愿意再问她一个简单的问题。不过她开车离开新月形街道的时候，思绪很快就转到了其他更为实际的问题上。有没有人愿意搬到那位年轻和蔼的昆恩先生最近才租的房间里呢？人们不喜欢那种事情。不过开到牛津郊外的时候，她就用愉快的想法安慰自己，死者很快就会被遗忘。是的，她很快就能把房间再租出去。只要一个月左右。

一个年轻人有些紧张地坐在一号审讯室的小桌子旁边，莫尔斯大声把证词念给他听。

我认识尼古拉斯·昆恩三个月。今年九月一日,他开始到外国考试评审会工作,担任助理秘书。

十一月二十四日星期一,他没有到办公室上班,也没有打电话说出了什么问题。毕业生有时候可以请一两天假,这并不稀奇,但是秘书巴特利特博士一直要求,这种安排都必须事先详细通知他。星期一,我的同事都没有见到昆恩,没有人知道他在哪里。十一月二十五日星期二,也就是今天早晨,巴特利特博士到我的办公室,说昆恩还没有来。他说自己给昆恩打过电话,不过没有人接。然后他让我开车去昆恩家,我就去了,到达的时候大概是九点半。前门上了锁,按了门铃也没有人应门。我可以看见昆恩先生的车还停在车库里。因此我走到房子后面。一楼的房间里亮着灯,窗帘拉着;不过窗帘上面有个缝隙,我朝里面看了看。我看见有人躺在火炉前面的地板上一动不动,就知道肯定出了严重问题。所以我立刻跑到主干道上的公用电话亭给警察局打了电话,他们告诉我在房子外面等到警察来。刘易斯警探带着一位警官来了之后,弄清楚了房东是谁。大概十分钟之后,房东就带着钥匙来了。然后警察前进到屋里看了一会儿,刘易斯警探出来的时候,告诉我必须准备接受令人震惊的事实。他说昆恩先生死了。

"您愿意在上面签字吗?"莫尔斯把证词推到桌子对面。

"我没有用'前进'这个词。"

"啊,您必须原谅我们,先生。我们警察从来不会'走'到什么地方,您知道。我们总是'前进'。"

唐纳德·马丁苦笑了一下，接受了这种解释，然后略有不安地在证词上签了字。

"您和昆恩先生熟吗，先生？"

"其实不算很熟。他只和我们——"

"您在笔录里是这样说的。但是，为什么秘书让您去看昆恩——而不是其他人呢？"

"我不知道。我觉得我对他的了解程度和他们差不多。"

"您认为会发现什么呢？"

"好吧，我以为他可能生病了之类，而且没办法告诉我们。"

"他家里有电话的。"

"是的，不过可能是——好吧，可能是突发心脏病，或者诸如此类的事情。"

莫尔斯点了点头。"我明白。您知道他父母住在哪里吗？"

"约克郡的什么地方，我想是的。不过办公室可以——"

"当然。他有没有女朋友？"

马丁感到探长锐利的灰色眼睛正在盯着他，他的嘴唇突然非常干涩。"据我所知没有。"

"办公室里没有他喜欢的漂亮姑娘？"

"我觉得没有。"他的犹豫极为短暂，不过足以让莫尔斯展开一些遐想。

"我听说这些事情不会无人知晓，先生。他是个单身汉，对吗？"

"是的。"

"您已经结婚了，先生？"

"是的。"

"嗯。可能您已经忘了单身是什么样子。"如果马丁让他别说这种蠢话，莫尔斯可能会更加高兴。但是马丁没有说。

"我不明白您是什么意思，探长。"

"哦，不用担心，先生。我也经常不知道自己是什么意思。"他站起身，然后马丁也站了起来，穿好了大衣，"您最好回办公室，不然他们就要担心您了。告诉秘书我会尽快跟他联系——还有，告诉他锁好昆恩先生的房间。"

"您不知道——"马丁小声问道。

"是的，恐怕我知道，先生。他肯定是被谋杀的。"不祥的话语在空气里回荡，房间顿时安静了下来，让人毛骨悚然。

# 6

　　过去十年里，外国考试评审会把网撒向了半个地球。对它的一百多个海外中心来说，十一月二十五日星期二，是普通教育证书英语考试的补考日期。今天早晨给了大多数海外考生第二次尝试的机会；英语考试的好成绩非常重要，可以帮助他们将来就业或者就读大学，所以绝大多数考生都会对考试的两份考卷（写作和阅读理解）相当重视。只有很少的几个因为生病没有参加夏天第一场考试的人是初次应考；其余的考生都是"退还的空瓶"，或者因为某些先天不足，或者因为以前有过非常懒惰的历史，还没有能够说服考官他们的英语文法水平达到了认可的技能标准。

　　当天上午十一点五十五分，严格按照考试机构的明确指示，日内瓦、东西非洲、孟买和波斯湾的监考都在通知考生，五分钟之后就要收卷；所有考生都应当确保每页考卷上面都填写了全名和档案号；所有考卷必须按照正确顺序上交。几个考生正在疯狂地胡乱涂写，多半徒劳无益；大多数人最后检查了一遍答案，把答卷理好顺序，然后靠在椅背上，姿势更为放松，不时朝着旁边（规定是五英尺）座位上的考生投去微笑。这些考试都在征用的教室或者体育馆里举行。

中午十二点，贾马拉酋长国一间有空调的欧式教室里，一位首次负责监考的英国年轻人命令考生停笔。教室里只有五个学生，都是阿拉伯人，他们都在几分钟之前答完了考卷。其中坐在最后的那个考生（不是学校的学生，而是一个酋长的儿子）其实提前很久就答完了考卷，已经靠在了椅子上，抱住双臂，黝黑的闪米特①脸庞露出傲慢得意的奸笑。听到"停笔"的指令后，他一言不发地交了卷。

考生离开之后，这位英国年轻人非常认真地填好了监考表。幸运的是，没有考生未能参加考试，因而可以不用费事填写"缺考人"栏目。他在相应位置填好了五位考生的姓名和索引号，准备把签到单和考卷一起放进官方的暗黄色信封里。这样做的时候，他的视线偶然瞥到索引号为五号的穆罕默德·杜巴尔的考卷；他立刻看出来考卷答得非常好——比其他四个人好得多。不过酋长的儿子肯定能够接受非常高端的私人培训。嗯，好吧。明年夏天之前他还有充足的机会提高自己学生的水平……

他离开教室，舔了舔信封的封口，然后走到学校秘书的办公室里。

同样在下午，莫尔斯回到了派恩伍德巷。狭窄的新月形街道上有一大群看热闹的人，他并没有试图驱赶他们，因为他从来不明白，普通民众为什么经常因为想要见证附近的不幸或者惨剧而受到指责，这

---

①闪米特人（Semitic），亚洲西南部的民族群体，主要包括犹太人和阿拉伯人。

种事情毕竟极为罕见（他自己也和他们一样想看）。他走过三辆警车，经过闪着蓝灯的救护车，然后再次走进了房子里面。里面的人几乎和外面一样多。

"悲惨的事情，死亡。"莫尔斯说。

"Mors, mortis, 阴性①。"上了年纪的法医咕哝着。

莫尔斯闷闷不乐地点了点头。"不要提醒我。"

"没关系，莫尔斯。我们都在慢慢走向死亡。"

"他死了多久了？"

"不知道。可能是四五天——至少三天，我觉得。"

"你帮不了多少忙，是吗？"

"我还要再仔细看看他。"

"猜测一下。"

"非官方？"

"非官方。"

"星期五晚上或者星期六早晨。"

"氰化物？"

"氰化物。"

"你觉得用了很长时间吗？"

"没有。如果你服用了足够的剂量，就会非常快。"

"几分钟？"

"要快得多。当然，我要把瓶子和玻璃杯拿走。"

莫尔斯转向房间里的另外两个人，他们正在把药粉刷在看上去最有可能存留指纹的物体表面上。

---

① Mors, 拉丁语，意为"死亡"，阴性名词，"mortis"为其所有格。

"有很多吗?"

"好像他的指纹到处都是,长官。"

"并不奇怪。"

"不过,有别人的。"

"最有可能是清洁工的。"

"就是瓶子上的一组指纹,还有玻璃杯上的。"

"嗯。"

"我们能搬动尸体吗?"

"越快越好。不过,我觉得我们最好查一下他的口袋。"他又转向法医。"你会做的,对吗,医生?"

"你有些神经脆弱,莫尔斯?顺便说一下,你知道他戴着助听器吗?"


两点差一分的时候,莫尔斯站了起来,看着刘易斯。

"如果你赶快把那杯喝完,还有时间再喝一杯。"

"我不用了,长官。我喝得够多了。"

"幸福生活的秘诀,刘易斯,就是知道什么时候停止,然后再多来那么一点。"

"那么,就来半杯。"

莫尔斯走到吧台,朝着酒吧女侍笑了笑。但他其实根本不开心。很久以来他就非常确信,啤酒几乎总能激发他的想象力,特别是大量的啤酒。但是今天,出于某种原因,他的头脑好像出奇地散漫,甚至是懒散。尸体移走之后,他在楼下的起居室里待了一段时间,昆恩把那里用作卧室兼书房。他打开了抽屉,翻看了文件和纸夹,然后掀起了床单。但是这些都是漫无目的、例行公事的检查,他发现的最有嫌疑的东西不过是一份上个月的《花花公子》;他坐在裸露的床垫上、翻看一连串暴露的胸部和胯部的时候,刘易斯列完了冗长的清单,过来找他。

"有什么有趣的东西,长官?"

"没有。"莫尔斯内疚地把杂志放回写字台里,然后扣上了外套。

他们正准备离开的时候,莫尔斯注意到狭窄走廊的衣架上挂着一件绿色防水外套。

## 7

巴特利特知道这个人刚才在喝酒,为此感到吃惊而失望。他一下午都在等他来,但是到三点半他才出现。从午饭时间开始,他们四个人就坐在他的办公室里(外面亮着红灯),相互低声谈论着这个惊人的消息。马丁绘声绘色地反复描述自己早晨的发现,他感到同事的注意力史无前例地集中在自己身上,因此即便在这种可怕的时刻也暗自感到有些得意。不过谈话总是转到令人困惑的话题——最后见到昆恩活着的人是谁,以及在哪里。他们好像都觉得是星期五,不过没有人记得准确的时间地点。或者不愿意说……

莫尔斯探长进门的时候,莫妮卡·海特仔细打量着他,他们相互介绍的时候,她告诉自己,他的眼神在她身上停留的时间好像比必须的长了一点。她也喜欢他的声音;他告诉他们,每个人都要由他或者刘易斯警探(站在门口默不作声)单独审问,她希望能去他那里。不过她不用为此担心,莫尔斯已经在心里把她划给了自己。不过他先要看看巴特利特能告诉他什么。

"我希望您把昆恩的门锁了,先生?"

"是的,我一接到您的通知就锁了。"

"好,我觉得您最好告诉我这里的情况——你们是做什么的,以及是怎么做的,任何您觉得有帮助的东西。昆恩是被谋杀的,先生——这个毋庸置疑;我的工作是查出凶手。当然,杀害他的凶手可能和这里没有任何关系,而且和这里的人也没有关系。但是或许我可以在办公室里发现什么,能够给我提供某种线索。所以,恐怕这几天我不得不打扰你们——您能理解,对吗?"

巴特利特点了点头。"我们会尽力帮助您,探长。无论您觉得应该做什么调查,都完全没有问题。"

"谢谢您,先生。那么,您能告诉我什么?"

随后的半小时里,莫尔斯了解了很多情况。巴特利特告诉他外国考试评审会的目标、使命和组织结构,还有组织公共考试各个阶段涉及的人员。莫尔斯既惊讶又赞叹——惊讶于涉及的工作复杂得出人意料,而更为赞叹的是,桌子后面这位宽厚的秘书非凡的高效和领悟能力。

"昆恩本人呢?"

巴特利特打开抽屉,拿出一个文件夹。"我帮您找到了这个,探长。这是昆恩应聘时候的申请表。这可以比我提供更多的信息。"

莫尔斯打开文件夹,迅速浏览了里面的内容:简历、奖状、三封推荐信,还有应聘申请表——巴特利特在上面写了"聘用自九月一日起生效"。不过莫尔斯的头脑还是一片空白。机器的零件已经开始就位,但是出于某种原因不能咬合。他合上文件夹,含糊地咕哝说还要再研究一下,然后又看了看巴特利特。他想知道这样清晰敏锐的头脑会怎么处理昆恩遇害的问题,而巴特利特好像能看出他的想法。

"您知道他耳聋吧,探长?"

"耳聋?哦,是的。"法医提过这点,不过莫尔斯没怎么在意。

"我们都很佩服他克服自己残疾的方式。"

"他的耳聋严重吗?"

"再过几年他就会完全聋了。至少这是医生的预测。"

巴特利特开始说话之后,莫尔斯的眼睛里第一次露出一丝兴奋的神情。"你们聘用他并不算奇怪吧,先生?"

"我觉得可能是您会觉得奇怪,探长。大家几乎看不出他有耳聋。除了打电话确实成问题之外,他的表现非常出色。确实如此。"

"你们,呃,你们聘用他,您知道,因为他有耳聋?"

"您是说我们可怜他?哦,不是。评审会,呃,评审会觉得他是最合适的人选。"

"那是什么评审会?"

莫尔斯在巴特利特的眼睛里看到了一丝迟疑?他并不确定。不过他知道的是最小零件的齿轮已经开始咬合。他更加愉快地靠在椅子上。

"我们,呃,评审会有十二位评审员——当然还要加上我。"

"评审员?他们是,呃——"

"他们其实就像学校的校监。"

"他们不在这里上班?"

"天哪,不是。他们都是大学老师。他们只是每学期到这里开两次会,看看我们的工作是否到位。"

"您这里有他们的名单吗?"

莫尔斯饶有兴致地看了巴特利特递给他的打印名单。每位评审员的名字后面都有大学、学院、学历、博士学历和其他学术荣誉的详细信息，其中一个名字引起了他的注意。"我看到他们大多数都是牛津的，先生。"

"相当自然，不是吗？"

"只有一两个人是剑桥的。"

"是——的。"

"昆恩是剑桥莫德林学院的吗？"莫尔斯正要去拿文件夹，巴特利特立刻确认了这种说法。

"我看到鲁普先生也是这所学院的，先生。"

"是吗？我以前没有注意到。"

"您注意到了大多数事情，如果我可以这样说。"

"我一直把鲁普和基督教堂相联系。他在那里当了院士：准确地说是'学生'[①]，如果我们拘泥于细枝末节的话，探长。"他的眼神现在显得非常真诚，莫尔斯怀疑自己刚才是不是弄错了。

"鲁普的专业是什么？"

"他是化学老师。"

"好，好。"莫尔斯尽力掩饰自己声音里的激动，不过他意识到自己没有做到，"他多大年纪？您知道吗？"

"比较年轻。三十多岁。"

"那么和昆恩差不多？"

"差不多。"

"好的，先生。还有一件事情。"他看了看表，发现已经四点三刻

---

[①]基督教堂把学院教师（院士）称为"学生"（Student）。

了。"您最后一次见到昆恩是什么时候？还记得吗？"

"上个星期五的什么时候。我记得。不过非常奇怪。您进来之前，我们都在努力回忆我们最后见到他是什么时候。您知道，准确定位有些困难。星期五早晨晚些时候我肯定见过他；不过星期五下午我不确定。我得去班布里参加三点的会议，我不能确定走之前还有没有见过他。"

"您离开办公室是什么时候，先生？"

"大概两点一刻。"

"您肯定开得很快。"

"我的车比较快。"

"二十二三英里？"

巴特利特眨了眨眼。"我们都有自己的小毛病，探长。不过我会尽量保证不超速。"

莫尔斯听见自己说希望如此，然后他决定去见莫妮卡·海特。不过在这之前，他更加着急去某个地方。"最近的洗手间在哪里？我得赶紧……"

"这里就有一个，探长。"他站起身，打开写字台右侧的门。里面是一个小卫生间，门后面还塞着一个小洗脸池；莫尔斯如释重负地排空刺痛的膀胱的时候，巴特利特想到了尼亚加拉瀑布强大的水流。

莫尔斯只和莫妮卡·海特一起待了几分钟，就发现自己很想知道其他员工怎样才能忍住不去摸她，然后怀疑他们并没有忍住。她穿着亮蓝的紧身花裙，紧紧包住健美的大腿，并且轻轻贴住丰满的胸部，显得非常诱人。看上去非常顺从——而且极为性感。她没有怎么化妆，不过她经常用舌头轻轻舔着微翘的嘴唇,透出了湿润的光泽;她用的香水好像在招引即刻愉悦的快感。莫尔斯确信,某个时间,某种氛围,那些多情的年轻人肯定觉得她几乎无法抗拒。可能马丁会这样觉得?昆恩也是?没错,诱惑肯定一直在那里。莫尔斯知道自己这样多情的中年人……不过他打消了这种念头。奥格尔比怎么样?甚至还有巴特利特?哦!这也是个想法!莫尔斯想到爱德华·吉本写过一段年轻见习修士需要经受的考验——把他和裸体修女塞进袋子里过一整夜,看看他会不会……莫尔斯突然摇了摇头,用手擦了擦眼睛。他喝了很多啤酒以后总是这样。

"您介意我给我女儿打个电话吗?"(女儿?)"这个时候通常我已经在回家的路上了,她可能会奇怪我去了哪里。"莫尔斯听到她拨了电话,说了自己在哪里。

"您女儿多大了,海,呃,呃,海特小姐?"

她笑了笑,表示理解。"没关系,探长。我离婚了,萨莉十六岁。"

"您结婚肯定很早。"(十六岁!)

"我很傻,十八岁就结婚了,探长。我肯定您比我明智得多吧。"

"我?哦,是的,嗯,不是,我是说,我没有结婚。"他们的目光相遇了一瞬,莫尔斯感到自己的生活可能很危险。现在是他问美丽的莫妮卡一些重要问题的时候。

"您最后一次见到昆恩是什么时候?"

"您问这个真的很有趣。刚才我们就在……"就像是在听一张熟悉的唱片。星期五上午她见过他——对此非常确定。但是星期五下午呢?她不太记得。有些困难。星期五毕竟是——什么?——五天之前(法医不是说过"可能有四五天"吗?)。

"您喜欢昆恩吗?"莫尔斯仔细观察着她的表情,觉得这个问题她肯定没有准备过。

"当然,我认识他时间不长。多久?两三个月?不过我喜欢他,是的。他是个很好的人。"

"他喜欢您吗?"

"您这样说是什么意思,探长?"

他是什么意思?"我只是想——好吧,我只是想——"

"您是说他觉得我很迷人吗?"

"我觉得他很难不那样觉得。"

"谢谢您,探长。"

"他曾经约您出去过吗?"

"午餐时间他约我去过一两次酒吧。"

"您去了?"

"为什么不呢?"

"他喝什么?"

"雪利酒,我觉得是。"

"您呢?"

她又用舌头润了润嘴唇。"我的品位稍微贵一点。"

"你们去哪里了?"

"骏马小号酒吧,就在路口。精制、舒服的小地方。您肯定会喜欢。"

"或许我可以什么时候和您一起去。"

"为什么不呢?"

"您的品位稍微贵一点,您刚才说。"

"我们可以到时候再说。"

他们的目光再次相遇,莫尔斯的头脑里响起了警铃。他站起身,

"很抱歉耽误您这么长时间,海特小姐。我希望您能帮我向您的女儿道个歉。"

"哦,没事的。她最近经常在家里待着。她要补考几门普通教育证书的科目,没有考试的时候,学校就让她回家。"

"我明白。"莫尔斯站在门口,好像不愿意离开,"我们肯定还会再见面的,毋庸置疑。"

"希望如此,探长。"她的语气显得愉快、平静而且——该死,是的!——性感。

莫尔斯茫然地走过走廊的时候,她的最后几个字一直在他的头脑里回响。


"终于来了!"刘易斯咕哝道。他已经和巴特利特、奥格尔比和马丁一起在门厅里坐了二十多分钟。三个人都穿着大衣,提着公文包,不过显然不愿意在莫尔斯发话之前离开。昆恩的死明显给一切蒙上了一层阴影。他们彼此之间没说几句话。刘易斯喜欢奥格尔比,不过只从他那里得到了很少的信息——他记得上个星期五早晨见过昆恩,不过下午是否见过不记得了;他好像坦率地回答了刘易斯的其他问题,但没有提供多少信息。马丁的情况似乎完全不同:现在他显得非常紧张,整个事情带来的震惊好像对他产生了极大影响,他说自己真的完全记不得星期五见过昆恩。

莫尔斯有些尴尬地感谢了他们的配合,巴特利特保证他和刘易斯继续待在楼里没有任何问题,勤杂工至少到七点半才会下班,而且只要他们愿意,办公楼可以一直为他们开放。不过,巴特利特在把昆恩办公室和文件柜的钥匙交给他们之前,为两位警察上了一场严肃的小讲座,告诉他们发现的大多数文件都要严格保密;这一点尤为重要,因此他们应当记得……是的,是的,是的,是的。莫尔斯意识到自己会多么讨厌在巴特利特的领导下工作,这个人显然觉得违抗圣灵的罪过就是出去撒尿的时候没有锁上文件柜。

他们离开之后,莫尔斯建议绕着房子散散步,刘易斯非常乐意。房子里面太热了,清爽的晚风宜人而舒适。他们走过伍德斯托克路口的骏马小号酒吧。莫尔斯不自主地看了看手表。

"不错的小酒吧,我觉得是,刘易斯。进去过吗?"

"没有,长官,不管怎样,我已经喝了太多的啤酒。我更想喝杯茶。"还有十分钟才开门,刘易斯感到很放心,他把谈话的情况告诉了莫尔斯,莫尔斯把自己的情况告诉了他。他们好像都无法确信自己正在盯住凶手的眼睛。

"她长得不错,不是吗,长官?"

"嗯?你在说谁,刘易斯?"

"行啦,长官!"

"我觉得她是的——如果你喜欢这种类型。"

"我注意到您把她占为己有了。"

"某种额外津贴,不是吗?"

"不过我有些意外,您没有从她那里多问到什么。我觉得这几个人里面,她最像那种很快就会放下拘束感的人。"

"而且很快就会放下内裤,我毫不怀疑。"

刘易斯有时候觉得莫尔斯过于粗鲁。

# 8

昆恩的办公室很大,家具齐全。两端各有一张蓝色皮椅,整齐地放在写字台下面,写字台表面收拾得很干净,只有收文盘和发文盘(收文盘里有几封信,发文盘里没有东西),一大块吸墨纸板上随意写着古怪的名字和数字,边缘上还有用黑色圆珠笔涂画的毫无意义的圈圈。两面墙上一直到屋顶都是一排排英国经典历史教材和著作,黄色、红色、绿色和白色的书脊给明亮宜人的房间增添了更多色彩。第三面墙下面立着三个墨绿色的文件柜,最后一面墙上挂着一块很大的胶合板告示牌,再上面还有阿特金森·格里姆肖[1]画的赫尔码头与利物浦码头的油画复制品。覆盖大部分地板的白色地毯明显露出磨损的迹象。莫尔斯威严地坐在昆恩的椅子上的时候,立刻注意到写字台下面的字纸篓盖住了一块几乎磨破的地方。右手边是一张小桌子,黑色的桌面

---

[1] 约翰·阿特金森·格里姆肖(John Atkinson Grimshaw, 1836—1893),英国维多利亚时代画家,擅长画城市夜景和风景。

上放着两部电话，一部白色，一部灰色，旁边还放着一个电话号码簿。

"你去搜一下文件柜，刘易斯。我来搜这些抽屉。"

"我们要找什么特定的东西吗，长官？"

"我觉得没有。"

刘易斯决定慢慢开始自己有条不紊的搜索：至少这看起来比清点大米布丁有趣一点。

他几乎立刻开始意识到大量的爱和辛劳倾注到了最终编成的公共考试试卷里。第一个文件柜最上面的抽屉装满了鼓鼓囊囊的浅黄色信封，里面装着初稿、第一校样、第一订样、第二校样——甚至第三校样——这些试卷都要用于普通教育证书的英语课程表。"我觉得我可以很快通过几门普通教育证书考试，长官。"

莫尔斯咕哝着说了一些还不值印刷这些的纸张本身之类的话，然后继续漫无目的地搜查昆恩写字台右侧最上面的抽屉，很快就发现自己不大可能有任何重大发现：回形针，铁夹，橡皮筋，四支细圆珠笔，尺子，剪刀，两张生日贺卡（其中一张写着"爱你的莫妮卡"——好，好！），一包黄铅笔，卷笔刀，"大学钱柜"[①]的几封关于转让大学养老金权利的信函，还有耳聋人士中心通知昆恩唇语培训班从奥克斯彭斯搬到赫丁顿技校的信函。莫尔斯随便翻了一下，转身看到后面的书，发现自己正对着 M 开头的作者。他拿出马韦尔[②]的《诗集》；好像最近有人刚刚看过这一页，书自然翻到了《致他的羞涩情人》这首诗，这些诗句印在莫尔斯头脑里的时间比他希望的还要长很多年，他不禁又读了起来：

---

[①]大学钱柜（University Chest），牛津大学对于大学管理财政的部门的俗称。
[②]安德鲁·马韦尔（Andrew Marvell，1621—1678），英国诗人，以田园诗闻名。

"坟墓是美好幽静之地，

　　只是在那里不能拥抱……"

是的，昆恩躺在警察局的太平间，昆恩像每个人一样有他的希望，有他的梦想……他把书放回书架，略带伤感地开始看第二个抽屉。

两个人忙活了四十五分钟，刘易斯越来越泄气。"您觉得我们在浪费时间吗，长官？"

"你渴了，还是怎么了？"

"我只是不知道我要找什么。"

莫尔斯什么也没有说。他也不知道。

到了七点，刘易斯已经搜过了三个文件柜里的两个，又把钥匙插进第三个，他从里面拿出一大堆厚重的文件夹，再次看了起来。第一个文件夹里有很多信函复印件，时间上涵盖了过去两年，上面都标了"GB/MF"，还有评审会英语委员会成员的回复，都以"亲爱的乔治"开头。

"这肯定是昆恩接班的家伙，长官。"

莫尔斯心不在焉地点了点头，继续翻看黑色的列茨牌工作日志，这是目前为止唯一引起他一点兴趣的东西。不过昆恩显然不想模仿伊夫林[1]或者皮普斯[2]，除了各种会议的日期时间以外没有多少内容。"生日"（十一月二十三日下面）和"我欠唐纳德一英镑"好像是仅有的能够填补自传空白的信息。莫尔斯想不出更有意义的事情可做，只好茫

---

[1] 约翰·伊夫林（John Evelyn, 1620—1706），英国笔记体作家，其文学作品《日记》是十七世纪英国生活的详细记录。
[2] 塞缪尔·皮普斯（Samuel Pepys, 1633—1703），英国海军官员和日记作家，用密码撰写日记，去世之后一百多年才被破译。

然地清点会议次数——十二个星期左右的时间里开了十次，几乎都是为了修订各种考卷。状况不坏。还有一两次会议：一次是九月三十日英语委员会的会议，另一次是十一月四日和五日AED——不管这是什么——连续两天的会议。

"AED是什么意思，刘易斯？"

"不知道，长官。"

"猜一猜。"

"古怪牙医协会。"

莫尔斯咧嘴一笑，合上了日志。"你快结束了吧？"

"还有两个抽屉。"

"用得着吗？"

"最好现在就搜一遍，长官。"

"好的。"莫尔斯靠在椅子上，手枕在头后面，又看了看屋里。可能并没有什么特别难忘的线索，不过这才刚刚开始。他决定给总部打个电话。灰色的电话好像可以用来拨打外线；莫尔斯把电话拿到身前。不过刚刚拿起听筒，他就放了下来。他看到橙色的代码本下面有一封信，之前他都没有注意。这封信写在布拉德福德的弗雷德里克·戴流士[①]学校的信纸上，日期是十一月十七日星期一：

亲爱的尼克：

明年安排批卷团队的时候不要忘了我。我相信你现在已经拿回表格了。格莱斯在介绍信的问题上开始不太合作，不过你会注

---

[①]弗雷德里克·戴流士（Frederic Delius, 1862—1934），英国作曲家，出生于布拉德福德，著有《乡村罗密欧与朱丽叶》等歌剧。

意到我是"学问扎实的人,具有丰富的普通教育证书和高级教育证书工作经验"。你还能再要求什么。玛塔向你问好,我们都希望你圣诞节的时候能到这块老地方来。我们觉得很难让双方的父母满意,所以哪里也不去——就待在家里。还有,老酸肠提出了申请,想当新综合学校的校长!人心不古,世风日下!

常好,<br>布莱恩

信是用黑色圆珠笔写的,莫尔斯仔细思考了一会儿。昆恩给他的朋友打过电话吗?可能是以前的同事?如果是的,是什么时候?值得查清楚。

不过是刘易斯不经意踩到了引信,触发了炸弹,把案件炸开了大口,虽然他自己在完成这项伟大成就的时候并不知道。他正准备把最后一堆文件放回文件柜里的时候看到一个信封,被压得揉了起来,塞在了用来保持文件盒直立的移动滑座下面。他把信封抽了出来,取出里面仅有的一张信纸。"我可以告诉您AED是什么意思了,长官。"莫尔斯漠不关心地抬起头,从他手里接过信。这是一封打印得很业余的便条,印在有贾马拉教育部官方抬头的信纸上,日期是三月三日。

亲爱的乔治:

> 向牛津诸位问好。非常感谢您的
> 信和夏季考试材料。
> 所有报名表和费用表都准备完毕,

可以在二十号星期五

寄给评审会，据我所知，最迟二十一号。

这里的管理已经得到改善，不过还有改进的空间；

只要再给我们两三

年的时间，我们就能向你们展示成果！请

不要让这些该死的十六岁以上方案破坏

你们基本普通和高级证书制度。这

种改革，如果立即

实施，肯定会带来混乱。

诚表敬意

除了认不出来的潦草签名之外，就是这些。

莫尔斯看信封的时候微微皱了皱眉头，信封上的收信人是G.布兰德文学硕士，而且用红色大写字母标着"私人信件，内容机密"。不过他的表情立刻舒缓了下来，他把信封递给刘易斯，什么也没有说。现在确实该走了。

他又随手翻了翻列茨牌日志，注意到首页的日历。血液突然开始在他的手臂里凝固，刘易斯马上就能从他平静而急切的语调里感觉到他莫名的兴奋。

"信封上的邮戳日期是哪天，刘易斯？"

"三月三日。"

"今年？"

刘易斯又看了一眼。"是的，长官。"

"好，好，好！"

"怎么了?"

"奇怪,不是吗,刘易斯。二十号星期五,信里是这样写的。不过这是哪个二十号星期五?"他又看了看日历。"不是三月。不是四月。不是五月。不是六月。不是七月。而信里说的肯定是去年夏天考试的报名表。"

"有人可能把日期弄错了,长官。可能用的是去年的——"

但是莫尔斯没有在听。他又拿起信,仔细看了几分钟,极其专注。然后他慢慢对自己点了点头,脸上露出平静的微笑。"刘易斯,伙计,你又做到了!"

"是吗,长官?"

"我不是说我们就要发现杀害尼古拉斯·昆恩的凶手的身份,请你原谅。但是我要告诉你一件事:我开始觉得我们基本知道他为什么遇害了。除非这是个残酷的巧合——"

"您能再解释一下吗,长官?"

"再仔细看一下信,刘易斯,问问你自己为什么这封看起来并不重要的信标着'私人信件,内容机密',嗯?"

刘易斯摇了摇头。"我同意,长官,看起来不是非常重要,但是——"

"不过其实很重要,刘易斯。这就是关键!我们都是从左边开始横着阅读,对吗?不过他们告诉我,有些奇怪的外国人会从上边开始竖着阅读!"

刘易斯又看了看信,眼睛渐渐睁大。"您真是个聪明的老家伙,长官。"

"可能,有时候是。"莫尔斯承认。

晚上七点三十五分,勤杂工恭敬地敲了敲门,把头探进屋里。"我不想打扰您,警官,如果——"

"那就不要打扰。"莫尔斯断然说道,门又轻轻关上了。两个警察坐在桌子两端彼此对视——然后欣喜地笑了。

*何时？*——

# 9

莫尔斯对病理学的技术细节从来没有任何兴趣,星期三早晨,他有选择地读着面前这份报告,就像阅读色情文学的人挑选最刺激的描写一样。"最小的致死剂量是半打兰①药用酸,或者零点六克无水氢氰酸……死后在体内迅速变化,与硫发生反应……"啊,就是这里,"……本案件中死者的容貌表明,有理由相信死亡基本是在瞬间发生……没有划伤或者擦伤,不能证明尸体在死后被移动过……"有趣。莫尔斯继续跳着看。"……可以判断,尸体发现时,死者已经死亡七十二至一百二十小时。本案无法判断更为确切的时间界限……"所有案件你们都是这样,莫尔斯咕哝道。他从来不明白为什么医学科技这样发达,可关于死亡时间的全部结论还是这样模糊。真正的问题是:昆恩是什么时候死的?如果亚里士多德值得相信(为什么不

---

①打兰(drachm),英制容量单位,一打兰约相当于三点五毫升。

呢?),真相可能总是在中间的某处:比如九十四小时,那就是星期五午餐时间前后。可能吗?莫尔斯把报告放在一旁,又想了想自己略微了解的昆恩上星期五的去向。没错。可能他应该问昆恩的同事,星期五他们在哪里,而不是他们最后一次看到昆恩是什么时候。不过时间非常充裕,不管怎样,他很快就可以再见到他们。至少有一件事很清楚,无论是谁往昆恩的雪利酒里下毒,他肯定对毒药有所了解——其实是对毒药相当了解。那么是谁……莫尔斯走到书架旁边,拿出格莱斯特和伦图尔的巨著《法医学与毒物学》,查到"氢氰酸"(第五五六页);他浏览词条的时候,暗自笑了笑。他刚刚读到的法医报告的作者抢在了他前面——有些句子几乎逐字抄了下来。不过为什么不呢?氰化物这些年也不会有什么变化……他想起了希特勒和他在柏林地堡里的药房。那就是氰化物,不是吗。氰化物。自杀!哦!最明显的事情莫尔斯往往到最后才能想到,不过他突然意识到自己的问题最明显的解释是:昆恩是自杀的。不过,那又不是真正的答案。如果他是自杀的,为什么会……

刘易斯没想到半小时之后莫尔斯带他到了自己在牛津北部的家里。他上次去那里还是两年以前,相比之下,他惊喜地发现那里真是整洁。莫尔斯消失了一会儿,然后把头探进屋里,让刘易斯随便喝点什么。

"我没事,长官。要我给您倒一杯吗?"

"好。给我倒一杯雪利酒。给你自己也倒一杯。"

"我还是——"

"照我说的做,调剂一下,伙计!"

莫尔斯经常这样突然生起气来,刘易斯只好听从上司的古怪念头。柜子里有很多酒,刘易斯拿出两只小玻璃杯,倒了一些中级雪利酒,靠在扶手椅上,不知道自己现在要做什么。

他懒洋洋地啜着雪利酒,莫尔斯走了出来,拿起自己那杯,举到嘴边,又放了下来。"你意识到了吗,刘易斯,如果那杯雪利酒里下了毒,你现在已经死了?"

"那么您也是,长官。"

"啊,不是,我还没有碰。"

刘易斯慢慢放下酒杯,里面还剩下一半,他开始明白这个小字谜的意思。"那么我的指纹就会留在酒瓶和酒杯上……"

"如果在我们开始之前我就把它们仔细擦过,我只要把自己的雪利酒倒进水池,洗净酒杯——就这样简单。"

"还是得有人到昆恩的家里给雪利酒下毒。"

"不一定。有人可以把酒当做礼物送给昆恩。"

"但是您不能把一瓶打开过的酒送给别人!要把雪利酒瓶重新盖封起来更是难上加难,其实根本做不到。"

"那些可能都不需要。"莫尔斯缓缓地说;不过他没有给刘易斯更多提示。他静静地站了一会儿,眼睛盯着模糊的过去,遥远的记忆在他意识的门槛上徘徊,可是谢绝了进门的邀请。那是关于一个可爱姑娘的事情,不过她已经融入了其他可爱姑娘的队伍里。曾经有那么多姑娘……想想别的事情!会成功的。他一口喝完雪利酒,又倒了一杯。"有点像喝柠檬水,不是吗,刘易斯?"

"我们该做什么,长官?"

"嗯——我觉得我们应该集中力量。我们可能会有重大突破,你肯定能意识到;不过我们不能着急。我想知道星期五办公室里的人都在做什么,不过我要他们知道我要问他们什么。"

"那不如——"

"不。至少那样不公平。"

刘易斯有点困惑。"您觉得是他们四个中间的一个杀了昆恩？"
"你觉得呢？"
"我不知道，长官。不过如果您事先让他们知道——"
"嗯？"
"好吧，他们就会想好一套说法。编一些东西——"
"我就是想让他们这样做。"
"但是如果其中真有一个杀了昆恩？——"
"他会准备好不在场证明，你是说？"
"是啊。"

莫尔斯有几秒钟没有说话，然后忽然改变了话题方向。"你上星期五见过我吗，刘易斯？"刘易斯张开嘴，又闭上了。"快点！我们在一幢楼里上班，不是吗？"刘易斯努力地想，不过根本想不起来。星期五。好像是很久以前。星期五他做了什么？他见过莫尔斯吗？

"你知道我的意思，刘易斯？并不容易，对吗？我们得给他们机会。"

"不过就像我说的，长官，不管是谁杀了昆恩，肯定都会为上星期五编出一套好故事。"

"正确。"

刘易斯没有再说。探长的很多想法都让他困惑，莫尔斯关上前门的时候，他感到更加困惑。"您为什么这样确定昆恩是星期五遇害的呢？"

玛格丽特·弗里曼没有结婚——她身材瘦削、长相平庸，睫毛耷拉着。她为评审会工作了三年多，以前是布兰德先生的机要秘书，随后自然转而效忠于昆恩先生。昨天晚上她睡得很少,快天亮的时候才努力勒住恐惧的缰绳。但是她接受几分钟温和的询问之后就失声痛哭,莫尔斯(他觉得自己理解这种事情)还是感到很惊讶。星期五上午她肯定见过昆恩。十点三刻左右,他向她口述了一堆信,这些让她下午一直忙到很晚,然后她把信送进昆恩的办公室里,放在收文盘里。星期五下午她没有看到昆恩;不过她感到他就在附近,因为她几乎可以清楚地记得(仔细想过之后)昆恩的绿色防水外套挂在椅背上,是的!还有一张给她的便条,上面写着她的姓名首字母MF,还有一条简短留言("巴特利特博士希望他们留言,警官");不过她不太记得……例如……不。就是不记得"出去"的事情,她觉得。可能是"很快回来"?不过她确实不记得——非常显然。

莫尔斯在昆恩的办公室里询问了她,她离开之后,他点上一支烟,开始重新思考。确实非常有趣。便条为什么不在那里?昆恩肯定回来过,揉起字条……不过字纸篓是空的。清洁工!不过星期五上午十一点到十一点一刻的时候昆恩还活着。至少这是基本事实。

刘易斯接到的任务是去找到清洁工,问清楚评审会垃圾的去处。这次他的运气不错。装满废纸的两个黑色大塑料袋放在办公楼旁边的装货间里,准备运走。翻废纸的工作至少比翻垃圾桶舒服许多。而且快得多。大多数废纸都只是被撕成两半,而没有被揉成团——主要是过期的表格,还有一些难写的信的草稿。不过没有昆恩写给机要秘书的便条,刘易斯有些失望,因为那才是要找的主要物件。不过有几张巴特利特写的(完全相同)的便条,刘易斯立刻感到这些可能很有意思;他把便条拿到昆恩的办公室,莫尔斯正把听筒放在耳边,里面传来尖锐的忙音。刘易斯展开那些便条,莫尔斯放下听筒,看了起来:

十一月十七日星期一

全体员工周知

消防演习

  火警将在十一月二十一日星期五中午十二点响起，全体员工必须立刻停止工作，关闭全部火源、电灯和其他电器，关闭所有门窗，通过办公楼前门走到前停车场。任何人不得以任何理由留在办公楼内，清点人数之后才可以重新开始正常工作。天气届时可能比较阴冷潮湿，建议员工穿上外套，当然演习估计不会超过十分钟。我谨希望各位全力配合这项工作。

      签名：T.G.巴特利特（秘书）

"他是个谨慎的人，不是吗，刘易斯？"
"好像非常讲效率，长官。"
"不是那种会碰运气的人。"
"这是什么意思？"
"我只是奇怪为什么他没有告诉我们消防演习的事，就是这样。"他暗自笑了笑，刘易斯知道并非就是这样。
"他没有告诉您可能是因为您没有问。"
"可能是的吧。不管怎样，去问问他有没有点名。这很难说——我们说不定可以把昆恩的死亡时间从十一点一刻推迟到十二点一刻。"

巴特利特的办公室外面亮着红灯,刘易斯站在门前犹豫的时候,唐纳德·马丁走了过来。

"那盏灯表示他在和人谈话,是吗?"

马丁点了点头。"如果有员工打扰他,他会非常生气。不过——我是说……"他好像非常紧张,刘易斯趁机(莫尔斯告诉过他)散布新闻,昆恩的同事很快都要说明自己上星期五的动向。

"不过什么——他不是真的认为——"

"他想了很多事情,先生。"

刘易斯敲了敲巴特利特的门,走了进去。莫妮卡·海特转过身来,脸上显得有点不满,不过秘书本人正在和蔼地微笑,完全没有提到刘易斯破坏了黄金守则。听到问题之后,他告诉刘易斯最好去问问楼上的总务长,他负责整个演习,肯定有参加演习的全部人员的登记册。

刘易斯离开后,莫妮卡转过身,直直地盯着巴特利特。"这究竟是怎么回事?"

"你知道你不能责备警察,他们正在努力查清最后有人看到昆恩活着是什么时候。我必须承认我没有提过消防演习——"

"但是上个星期五下午他还活着——这件事情没有多少疑问,不是吗?他的车在这里停到四点四十分。诺克斯这样说的。"

"是的,这些我都知道。"

"您不觉得我们应该和警察直说吗?"

"我非常怀疑,亲爱的,那位莫尔斯高级探长调查出来的东西会比我们希望的多得多。"

不过无论这句话有什么隐秘的暗示,莫妮卡好像都没有注意到。"不过,您不觉得那很重要吗?"

"当然。特别是如果他们觉得昆恩是上星期五遇害的。"

"您觉得他是上星期五遇害的吗?"

"我?"巴特利特微笑着看了看她,"我觉得我怎么想并不重要。"

"您没有回答我的问题。"

巴特利特犹豫了一下,然后站了起来。"好吧,虽然意义不大,答案是'不'。"

"那是什么时候——"

但是巴特利特把手指放到嘴唇上,然后摇了摇头。"你的问题和他们一样多。"

莫妮卡站起身,走到门口。"我还是觉得您应该让他们知道诺克斯——"

"听着。"他和蔼地说道,"如果这样可以让你更加放心,那我现在就告诉他们。怎么样?"

莫妮卡走出房间之后,马丁走到她旁边,急忙在她耳边说了些什么。然后他们一起走进莫妮卡的办公室。

总务长当然清楚地记得消防演习。事情都按照计划进行,秘书本人仔细检查过最后的名单,然后才让员工回去工作。二十六名固定员工里只有三个人没有签到。不过他们都能说明情况——奥格尔比在牛津大学出版社,一个打字员得了流感,还有一个初级办事员在休假。昆恩的名字上用黑色圆珠笔打了一个很粗的钩。就是这样。刘易斯下楼,同莫尔斯会合。

"你注意到办公室里的人都用黑色圆珠笔吗,刘易斯?"

"巴特利特对这些都有规定——包括他们用什么笔。"

莫尔斯好像没有太在意这件事情,然后他又拿起电话。"你肯定以为这个该死的学校不会只有一个号码,对吧?"这次他听到了拨号声,立刻就有人接了电话。莫尔斯听到一个欢快的北方乡下口音告诉他自己是学校的秘书,问他是否需要帮助。莫尔斯解释了自己是谁,以及需要什么信息。

"星期五,您是说?是的,我记得。牛津来的,没错……哦,肯定是十二点二十分左右。我记得我看过时间表,理查德森先生上课到十二点三刻……没有,没有。他说不用麻烦。只是让我给他留个言。他说今年夏天他想请理查德森先改一些考卷……没有,很抱歉。现在我不太记得那个名字,不过理查德森先生肯定知道……没错,没错,我肯定是的。昆恩——就是那个名字。我希望没有什么……哦天哪……哦天哪……我要告诉理查德森先生吗?……好的……好的,警官。再见。"

莫尔斯放下电话,看了看刘易斯。"你怎么想?"

"我觉得我们有所进展,长官。刚过十一点,他口述完了信;他在这里参加了十二点的消防演习;十二点二十分的时候,他给学校打了电话。"莫尔斯点了点头,刘易斯受到鼓励,继续说道,"我真正想知道的是,他在午饭之前还是之后给弗里曼小姐留了便条。我们最好查清楚他在哪里吃了午饭,长官。"

莫尔斯又点了点头,好像有些茫然。"不过,我开始怀疑我们在不在正确的轨道上,刘易斯。你知道吗?我根本不会感到奇怪,如果——"

内线电话响了,莫尔斯很有兴趣地听着。"好,谢谢您告诉我,巴特利特博士。您能让他马上过来吗?"


阿谀奉承的诺克斯开始讲述自己的小故事,莫尔斯不知道自己当时到底为什么没有取得勤杂工的信任;因为他完全清楚,全国各种机构都应该把勤杂工的名字印在官方信笺的顶端。不管他到哪里执行任务(包括警察局总部),好像都是这些勤杂工的信誉最受青睐,虽然他们的爱管闲事和恭顺逢迎极为令人作呕;他们提供的关于房间、茶具、钥匙之类的线索都是必不可少的。然而,从表面看,诺克斯好像是这种人里比较讨人喜欢的类型。

"没错,警官,他的外套确实在那里——我记得非常清楚,因为他的文件柜开着,是我关上的。秘书不喜欢看到门开着。他对这个特别认真。"

"他的写字台上有便条吗?"

"是的,那个我们也看到了,警官。"

"'我们',你是说?"

"鲁普先生也在旁边。他正要——"

"他在这里做什么?"莫尔斯平静地问。

"他想来见秘书。但是我知道秘书出去了,警官。所以鲁普先生问我有没有哪位助理秘书在——他有一些考卷,想交给什么人。"

"他把考卷给谁了?"

"起因就是这样。我刚要说,警官,我们去了所有助理秘书的办公室,但是都没有找到人。"

莫尔斯盯着他,目光锐利。"你非常肯定吗,诺克斯先生?"

"哦是的,警官。我们谁都没有找到,然后鲁普先生就把考卷放在了秘书的写字台上。"

莫尔斯看了一眼刘易斯,眉毛明显扬了起来。"很好,很好,非常有意思。非常有意思。"这个情况好像没有莫尔斯让勤杂工猜想的那样有趣,并没有带来更多的问题,至少没有立刻带来。其实这条信息莫尔斯完全没有想到,他现在后悔自己先前(莫名其妙地)决定允许办公室里的人互相转告(现在肯定已经都知道了?)他会要求所有人说明自己星期五下午的行踪。他完全没有料到他们都需要不在场证明。他知道巴特利特去了班布里。但是那个关键的下午,其他人都在哪里?莫妮卡,奥格尔比,马丁,还有昆恩。他们都不在办公室里。嗨!

"那时候是几点,诺克斯先生?"

"大概是四点半,警官。"

"其他人留了便条吗?"

"没有。"

"你觉得他们可能在楼上吗?"

"有可能,警官,但是——好吧,我在这里待了很久。鲁普先生进来的时候,我在走廊里面,修这个坏灯管。"

莫尔斯好像还是回不过神,刘易斯决定看看自己能否帮上忙。"会不会有人在厕所里?"

"那他肯定在那里待了很久!"诺克斯的脸上露出颇为轻蔑的奸笑,他显然不准备把区区一位警探的提议太当回事,就连几乎无法回避的"警官"都明显省去了。

"星期五下午在下雨,不是吗?"莫尔斯最后问道。

"没错,警官。下雨,刮风——是个难受的下午。"

"我希望鲁普擦干了鞋。"莫尔斯若无其事地说。

诺克斯第一次显得有些不安。他搓着手,不知道这句话到底是什么意思。

"你看到他们了吗——后来,我是说?"

"没有,警官。我是说,我看到昆恩开着车离开,大概是——"

"你什么?"莫尔斯坐了起来,非常困惑地朝着诺克斯眨眼。

"你说你看到他离开了?"

"是的,警官。大概是四点五十分。他的车——"

"这里还有别的车吗?"莫尔斯打断了他。

"没有,警官。只有昆恩的车。"

"好,谢谢你,诺克斯先生。你给了我们很多帮助。"莫尔斯站起身,走到门口。"你没有看到其他人——其他任何人——在那之后?"

"没有,警官。除了秘书本人。大概是五点半,他回了办公室,长官。"

"我明白了。很好,非常感谢你!"莫尔斯几乎很难掩饰自己愈加激动的心情,好不容易才忍住把诺克斯推到走廊里的强烈冲动。

"如果任何时候我可以帮忙,警官……"他站在门边巴结讨好,好像是仆人在向主人道别。不过莫尔斯没有在听。他的头脑里有一个很轻的声音说道:"滚开,你这个谄媚小人。"不过他还是和蔼地点了点头,勤杂工终于挤过门边离开了。

"怎么样,刘易斯?你对这件小事怎么看?"

"我觉得我们很快就会发现,有人星期五晚上在酒吧里看到了昆恩。大概是打烊的时间。"

"你这样想?"不过莫尔斯对刘易斯的想法没有什么兴趣。昨天齿轮运转顺利,不过现在看起来运转方向错了;诺克斯说话的时候,齿轮就暂时停转。不过现在又开始运转了,正加速向前,还有两三个在拼命呼呼作响。他看了看表，上午已经过去了。"他们在骏马小号酒吧倒什么泔水，刘易斯？"

# 10

第二次世界大战结束以来，牛津兴建的建筑很少得到学校师生和市民的青睐。可能对于每天都能看到这么多古老高贵的建筑的公众来说，对这些结构古怪的战后钢筋混凝土有天然的偏见也在情理之中，或者可能现代建筑师都疯了。不过大家都觉得赫丁顿山上的约翰·拉德克利夫医院是最能够接受的现代建筑——当然，除了那些近在咫尺的人之外，他们觉得自家昂贵的独立别墅在高大建筑的映衬下显得非常矮小，他们现在从花园里只能看到宽阔而繁忙的行车通道，而不是玛诺公园青翠开阔的田野。医院有七层，用闪闪发光的米色砖块砌成，窗户漆成巧克力色，周围是树木环绕的空旷场地，品蓝色的通告牌上印着粗体白字，帮助第一次来医院的人找到方向。不过很少有人是第一次来到这里，因为约翰·拉德克利夫医院致力于保证所有婴儿都能在牛津郡卫生局的保护之下安全降生，而绝大多数孕妇以前都来过这里无数次，让她们珍贵的胎儿得到护理和宠爱。乔伊斯·格林纳威也是这样。不过她的事情（"千分之一的概率"，他们说）没有像妇科医生保证的那样进行。

弗兰克·格林纳威星期三下午请了假，一点钟开车到了医院停车场。他感到比以前开心多了，因为现在事情似乎总算都比较顺利了。不过他还是有点恼火，上个星期五晚上，考利那个不称职的糊涂领班没能把消息告诉他，他感到自己让妻子失望了。还有他们的第一个孩子！不是说乔伊斯担心过度：事情就要到关键阶段时，是她保持了一贯的冷静，直接联系了医院。不过还是有些烦恼，他无法掩饰这一点。晚上九点半，他终于赶到医院的时候，他们不足月的婴儿——早产三星期左右——已经在重症监护室里开始勇敢而成功的小战斗了。这不是他的错，对吗？不过弗兰克（他没有什么想象力，不过富有同情心）感到就像是看牛津联队的比赛迟到了十分钟，结果发现自己错过了唯一的进球。

他也不是第一次来了。门自动为他打开，他自信地走过铺着蓝地毯的宽阔门廊，路过两个咨询台，然后走到电梯那里，按下按钮，他手里拿着刚刚洗过的睡衣，一盒黑魔法巧克力，还有一本《妇女周刊》。电梯上到六楼。

乔伊斯和婴儿还需要隔离——因为黄疸的关系（"什么也不用担心，格林纳威先生"），弗兰克又走进了十二号病房。他很难想象自己为什么感到有点害羞；不过他很清楚自己有非常充分的理由继续担忧。医生强烈坚持要他暂时完全不要提这件事（"您夫人吃了不少苦，格林纳威先生"）。不过她很快就会知道。肯定等不及想知道。不过他非常乐于配合，护士保证会叮嘱乔伊斯的每位访客（"产后时期可能非常艰难，格林纳威先生"）。当然也不会有《牛津邮报》。

"怎么样，亲爱的？"

"很好。"

"孩子呢?"

"也很好。"

他们吻了一下,很快又感到轻松起来。

"修电视机的来了吗?我昨天就该问你了。"

"还没来,亲爱的。不过他很快就会来修好的——不要担心。"

"希望是这样。我不会在这里待太久的——你知道的,对吗?"

"不用担心那个。"

"你把折叠床搭起来了吗?"

"我跟你说过了。不用担心。你起来之后就照顾小家伙——就是这件事。"

她幸福地笑了,他站了起来,用胳膊搂着她,她甜蜜地靠在他的肩膀上。

"真有趣,不是吗,弗兰克。如果是女孩的话,我们就有现成的名字了。我们本来以为肯定是女孩。"

"是啊。不过我也在想。'西蒙'怎么样?很好的名字,你觉得呢。'西蒙·格林纳威'——这样怎么样?听起来有点——尊贵,如果你明白我的意思。"

"没错。可能是的。不过男孩的好名字很多。"

"比如?"

"嗯。你认识楼下那个小伙子——昆恩先生吧?他叫'尼古拉斯'。很好的名字,你觉得呢?'尼古拉斯·格林纳威'。是的。我比较喜欢这个,弗兰克。"她紧紧盯着他的脸,她可以发誓自己看到了什么,有一瞬间她感到一阵恐慌。不过他不可能知道。那只是她内心的愧疚:都是她的想象。

*　*　*

他们坐在骏马小号酒吧离吧台最远的角落里，酒吧里已经没有多少人了，刘易斯从来没有见过莫尔斯对啤酒这样缺乏兴趣，就像一个未婚姑妈在教会的聚会上抿着家酿的葡萄酒。他们坐了几分钟，没有说话，最后是刘易斯先打破了沉默。"觉得我们有希望吗，长官？"

莫尔斯好像在思考这个问题。"我觉得有。没错。"

"有想法了吗？"

"没有。"莫尔斯没有说实话，"在我们开始奇思妙想之前，还要弄清楚一些情况。是的……听着，刘易斯。我要你去见那个什么夫人，就是那个清洁工。你知道她住在哪里吗？"刘易斯点了点头。"然后你可能还要去见贾丁夫人——那个房东。你可以开我的车，我觉得我整个下午都会在评审会。完事之后去那里接我。"

"您要让我具体——"

"天哪，伙计！你不需要奶妈，对吗？把你能查到的该死的东西都查清楚！这个案子你知道得和我一样多！"刘易斯靠在椅子上，一言不发。他没有生探长的气，而是生自己的气，他默默地把酒喝完。

"我觉得我可以走了，长官。我中途想回一趟家，如果您不介意的话。"

莫尔斯茫然地点了点头。刘易斯站起身准备离开。"您最好把钥匙给我。"

莫尔斯的啤酒基本没有碰，他好像只是在非常专注地盯着地毯。


埃文斯夫人在派恩伍德巷一号打扫卫生好几年了，几乎成了那一串单身汉租房合同的一部分，他们都是从贾丁夫人那里租来的房间。

大多数人都在寻找更好一点的住处，所以很少长住；不过他们都很讨人喜欢。只有厨房会被弄得很脏，虽然她也打扫其他房间，但是她的主要任务还是打扫厨房，她通常要花半个小时擦炉子，再花半个小时熨烫每个星期送到当地洗衣房里的衬衣、内裤和手帕。这大概需要两个小时——很少超过，通常不用那么久。不过她总是按两小时收费，房客从来没有意见。她喜欢家里没有人的时候工作；对昆恩来说，星期五下午三点到五点通常是约定时间。

肯定是关于可怜的昆恩，她知道，她让刘易斯进来，告诉他简单的经过。他回家之前，她通常就干完活儿离开了。不过上星期五她得去基德灵顿健康中心，因为埃文斯先生有气管炎，那天下午四点半得去复诊。但是那天天气非常糟糕，她觉得他应该待在家里。她去帮埃文斯先生拿了新处方，找了药剂师，然后回家沏了茶。六点一刻左右，她回到了昆恩的家里，在那里待了半个小时熨衣服。

"您给他留了个便条，是吗，埃文斯夫人？"

"我觉得他会奇怪我为什么没有做完。"

"您是说，时间大概是四点？"

她点了点头，突然感到非常紧张。可能可怜的昆恩先生是星期五晚上遇害的，就在她离开之后？

"我们在字纸篓里发现了便条，埃文斯夫人。"

"我觉得您会发现的，警官。如果他揉了起来，就是那样。"

"没错，当然。"刘易斯发现自己希望莫尔斯在旁边，但是他很快打消了这个念头。他的脑海里开始冒出一些有趣的想法。"您把便条留在了客厅里？"

"没错。在餐具柜上。月底我都会在那里留一张便条——在我完成四个星期的打扫之后——就是那样。"

"我明白。您记得您回来的时候,昆恩先生的车在车库里吗?"

"不记得,警官。很抱歉。当时在下雨,我骑上自行车就赶快离开了。再说,我为什么要去看车库?我是说——"

"您没有看见昆恩先生?"

"没有,我没看见。"

"啊,好的。没关系。我们显然很想——"

"那么,您觉得他是星期五晚上遇害的?"

"没有,我不能那样说。但是如果我们可以弄清他是什么时候离开办公室的——呃,就会非常有帮助。据我们所知,星期五晚上他根本没有回家。"

埃文斯夫人皱了皱眉头,困惑地望着他。"不过我可以告诉您他是什么时候到家的。"

屋子里突然变得非常安静,刘易斯把目光从笔记本上抬了起来,显得非常紧张。"您能不能再说一遍,埃文斯夫人?"

"哦是的,警探。您知道,我给他留了便条,他肯定看到了。"

"他肯定看到了,您是说?"

"肯定看到了。您刚才说便条在字纸篓儿里。"

刘易斯又靠在了沙发上,激动的心情无影无踪。"恐怕他什么时候都能看到那张便条,埃文斯夫人。"

"哦,不是。您没弄明白。我回到那里的时候是六点一刻,他在那之前看过便条。"刘易斯坐着一动不动,非常认真地听着。"您知道,他给我留了便条,所以——"

"他给您留了便条?"

"没错。说他去买东西之类的。具体内容记不得了——不过大概就是那样。"

"那么您——"刘易斯又开始说,"您四点留了便条,六点一刻就回到那里?"

"没错。"

"所以您觉得他肯定回过家——什么时候?大概五点?"

"呃,是的。他通常就是那个时候回家,我觉得。"

"您确定便条是给您的?"

"哦,是的。上面有我的名字。"

"您还能——还能记得上面具体写了什么吗?"

"不记得了。不过听我说,警探,我可能还有这张便条。我可能把它放到我的口袋里了,或者别的什么地方。我总是穿——"

"您能不能试着帮我找一下?"

埃文斯夫人走进厨房,刘易斯在向诸神祈祷,希望他们能够向自己微笑,她拿着一张皱巴巴的小纸条回来递给他的时候,他长舒了一口气,简直有些晕乎乎的。他极为崇敬地读着这张纸条,就像德鲁伊①忧郁地沉思神圣的鲁尼文②一样:

E夫人:

出去买东西——不会太久。NQ。

短得不能再短,而且他有点困惑;不过他非常清楚其中的巨大价值。

---

①德鲁伊(Druid),欧洲古代凯尔特人的祭司,凯尔特神话认为德鲁伊有与众神对话的能力。
②鲁尼文(Rune),古代北欧使用的文字,通常刻在木器或者骨器上,北欧神话认为鲁尼文是具有魔力的符号。

"'买东西',他这样说。那时候去买东西有些奇怪,不是吗?"

"并不奇怪,警官。星期五晚上超市到九点才关门。"

"优质超市,是吗?"

"是的,警官。其实就在房子后面。新月形街道旁边有条小路,现在栏杆倒了下来,您可以从花园旁边走到那里。"

五分钟之后,刘易斯好好感谢了她一番,然后离开了。天哪,老莫尔斯肯定非常高兴!

莫妮卡走进酒吧的时候大概刚过一点。她一下就看到了莫尔斯(不过莫尔斯好像没有注意到她),她点了一杯杜松子酒加金巴利酒,然后走到他旁边,站在那里。

"我能请您喝杯酒吗,探长?"

莫尔斯抬起头,摇了摇头。"我今天好像不想喝啤酒。"

"您昨天很想喝。"

"是吗?"

她坐在他旁边,把嘴唇贴近他的耳边。"我能闻到你的呼吸。"

"你闻起来也不错。"莫尔斯说。不过他知道现在不是谈情说爱的时候。他可以在一英里之外收到信号。

"我猜可以在这里找到您。"

莫尔斯不置可否地耸了耸肩。"您有什么要告诉我的吗?"

"您不会拐弯抹角,是吗?"

"有时候我会。"

"好吧,就是——就是关于星期五下午。"

"消息传得很快。"

"您想知道星期五下午我们都在做什么，是这样吗？"

"没错。你们好像都不在办公室，不管你们去了哪里。"

"好吧，我不知道别人在哪里——不，那样也不太对。您知道——哦，天哪！您让我非常为难。那天下午我一直都在外面，好吧——我和别人在一起；我觉得您迟早都会知道我和谁在一起，不是吗？"

"我觉得我知道。"莫尔斯平静地说。

莫妮卡拉下了脸。"您不可能知道。您已经问过——"

"我有没有问过马丁先生？不，还没有。不过我很快就会问的，我估计他会把整个故事告诉我，还带着一点常见的勉强和窘迫——可能还有点焦虑。他结婚了，不是吗？"

莫妮卡用手托住额头，有些悲哀地摇了摇头。"您是透视眼吗？"

"如果真是，我的所有案子都会破得快一点。"

"您想知道细节吗？"她不快地看着他。

"暂时不想。我更想听你的男朋友怎么说。他不是个很会说谎的人。"他站了起来，看着她的空玻璃杯，"杜松子酒加金巴利酒，是吗？"

她点了点头，然后谢了他。莫尔斯走到吧台那里的时候，她又点了一支烟，深深吸了一口，她那修得齐整的眉毛皱在了一起，显得非常忧虑。她到底应该怎么办，如果……

莫尔斯很快就回来了，把她的酒端正地放在啤酒垫上。"我知道您说的品位稍贵一点是什么意思了，海特小姐。"

她抬头看着她，苦笑了一下。"但是——您不准备和我一起喝吗？"

"不。暂时不喝，谢谢。这个星期我比平常忙一点，您知道。我要调查这起谋杀案，而且我一般不和放荡的女人混在一起。"

他离开之后,莫妮卡感到非常痛苦,大量暗淡的思绪顺着阴冷的水面漂流。他刚才那么刻薄!昨天她和他在一起的时候,还感到了不同寻常的愉悦的温暖。但是现在她多么恨他!

莫尔斯也对自己非常不满意。他其实不该那样冷酷无情地对待她。不管怎样,多么愚蠢——这样幼稚的嫉妒。为什么,他以前只见过她一次。他当然可以回去,再请她喝一杯……然后说自己很抱歉。没错,他可以那样做。可是他没有。因为嫉妒的动机还和别的东西交织在一起——他凭直觉感到莫妮卡对他撒了谎。

# 11

除了楼上的房客格林纳威夫人上星期五晚上生了孩子之外,刘易斯没有从贾丁夫人那里获得什么有价值的信息。除了昨天告诉迪克森警官的事情之外,她再也说不出任何实质性的东西,所以刘易斯和她一起待了不到十分钟。不过先前他已经取得了胜利。哦,是的!当天下午,他向莫尔斯汇报了自己和埃文斯夫人的谈话——然后呈上了战利品——他对自己非常满意。不过莫尔斯的反应显然不够热心;他当然非常仔细地把昆恩的简短便条研究了很久,不过大体来说,他好像都在想别的事情。

"您好像对生活不太满意,长官。"

"大多数人都生活在平静的绝望之中。"

"不过如果这都不能让您开心——"

"什么?别犯傻了。"莫尔斯使劲摇了摇头,好像要从身体里甩掉暂时的忧伤情绪,然后又看了看笔记。"即使是我也只能做到这样。"

他漫不经心地说，不过刘易斯更为了解他。

"我们说说看。"

"你是什么意思？"

"您会问她什么呢？"

"就是你问的那些——我告诉过你。"

"还有什么？"

莫尔斯好像在仔细考虑问题。"可能还有一两件事。"

"比如？"

"可能我会问她有没有看字纸篓儿。"

"真的？"刘易斯听起来并不惊讶。

"可能我会问她昆恩的防水外套在不在那里。"

"不过——"刘易斯没有说下去。

"我肯定会问她煤气炉有没有开着。"

刘易斯开始跟上莫尔斯的思路，然后慢慢点了点头。"我觉得我们最好再见她一次，长官。"

"哦，是的。"莫尔斯平静地说，"我们是得再见她一次。不过这不是问题，对吗？主要是我们好像知道了昆恩到六点左右都还活着。我不知道……"他的思绪再次飘开，不过他突然坐了起来，拿出自己的派克牌钢笔，"不过这里还有很多事情要做，刘易斯。再去看看他中午有没有回来吃午饭。"

"您是说谁，长官？"

"我刚才告诉过你——马丁。你耳朵聋了？"

马丁痛苦地证实莫妮卡的故事的时候，莫尔斯的面部表情就像鼻子下面塞了一只臭鸡蛋。他们两人下午一点十分左右离开了办公室。不，不是一起——是分别开车去的。没错，去了莫妮卡的屋子。没错，上床（腐臭不堪的鸡蛋！）。真的就是那些。（那些！天哪！就是那些，他刚才说。）

"你们什么时候离开的？"

"大概三点四十五分。"

"你们后来根本没有回过办公室？"

"没有。我直接回家了。"

"给你妻子一个小惊喜。"

马丁没有说话。

"刘易斯！去找海特小姐。你听到这个人是怎么说的了。看看她怎么说，是否一致。"

刘易斯离开之后，莫尔斯面朝马丁，狠狠地盯着他的眼睛。"你是个浪荡的花花公子，不是吗？"

这个年轻人悲伤地摇了摇头。"其实不是，您知道，探长。我只是和莫妮卡有外遇，从来没有其他人。"

"你爱上她了？"

"我不知道。这件事——我不知道，探长。她是——啊，究竟是怎么回事！"

"你为什么那么早就离开了？"

"因为萨莉——莫妮卡的女儿，她通常四点一刻放学回家。"

"你不想让她看到你和她妈妈的奸情，是吗？"

马丁痛苦地抬起了头。"您没有过外遇吗，探长？"

莫尔斯摇了摇头。"没有，小伙子。我从来不需要对谁忠贞，你知道。"

"没有——没有必要把这些公开吧,不是吗?"

"不需要,不用。除非——"

"除非什么?"马丁的眼睛里突然露出警觉的神色,莫尔斯并不打算驱散它。

"告诉我。这个姑娘——萨莉——她在牛津上学吗?"

"牛津高中。"

"考试成绩有点尴尬,是吗?我是说,有她母亲——"

"不是。您不太明白,探长。我们委员会根本不负责英格兰的考试。"

"谁负责牛津高中的考试?"

"牛津地方委员会,我觉得是。"

"我明白了。"

马丁离开了之后,莫尔斯给总部打了电话,给迪克森警官下了命令。刘易斯回来的时候,他正在对自己满意地微笑。

"她和马丁说得一样,长官。"

"现在还是一样?"

"听起来您有点怀疑。"

"是吗?"

"您不相信他们?"

"不管怎么样,刘易斯,我觉得他们是一对该死的骗子。不过我当然有可能弄错了。就像你知道的,我经常弄错。"他的脸上露出极为自负的表情,很多人觉得这是高级探长最让人讨厌的性格,刘易斯决定不自降身份去深究那种奇怪的逻辑。他觉得自己相信那两个人,当然英明伟大的莫尔斯可以随意嘟囔。

"你听到了吗,刘易斯?"

"请原谅,长官?"

"你今天到底怎么回事,伙计?我说去把奥尔格比叫过来。你可以为我做这件小事吗?"

刘易斯重重地关上门,走到走廊里。

昨天他们正式见面的时候,莫尔斯只和奥格尔比说了几句话,不过他感到自己天生喜欢这个人;奥格尔比开始谈论评审会的工作、提供大量权威信息的时候,他的印象又得到了确认。

"安全问题呢?"莫尔斯小心地问道,就像胆小的滑冰者在试探冰的厚度。

"当然,这一直是个问题。不过大家都有意识,所以这个问题以一种奇怪的方式自动解决了——如果您明白我的意思。"

莫尔斯觉得自己明白。"我知道秘书对这种事情特别认真。"

"是的,我觉得您可以这样说。"

莫尔斯目光锐利地望着他。奥格尔比的回答里是不是有一点讽刺——甚至可能是嫉妒?"从来没有出过问题?"

"哦,我不会那样说。不过那是完全不同的问题。"

"是吗?"

"您知道,如果有考生想在考场里作弊,比如携带小抄或者抄袭别人,那么我们就要依靠监考员仔细盯着,把所有可疑情况直接汇报给我们。"

"这种情况会发生的吧?"

"每年两三次。"

"怎么处理?"

"我们会取消相关考生所有考试科目的成绩。"

"我明白了。"莫尔斯换了一个角度,"考试之前您都会把考卷寄出去,是吗?"

"如果我们不寄出去,举行考试就没什么意义了,对不对?"

莫尔斯意识到自己的问题多么愚蠢,只好匆忙继续提问。"不是。我是说——如果有老师不诚实之类的,怎么办?"

"试卷直接寄到考试部门,然后分发到中心主管手中——不是寄给老师个人。"

"那么,比如说某个校长,如果他是个骗子——比如说他拆开了一包考卷,拿给自己的学生看——"

"哪个校长这样做就等于自己抹脖子。"

"你们会知道吗?"

奥格尔比笑了笑。"天哪,当然。我们的考官和督考能在一英里之外闻到那种东西。您知道,我们有过去很多年全部考试科目的通过率,因此我们知道应考学生的水平,学校的类型——诸如此类的。不过这还不是关键。和其他考试机构一样,我们认可考试中心之后都会定期检查,而且这些中心在获得批准之前都要达到相当高的诚信和管理能力标准。"

"那么学校都会经常受到检查?"

"哦,是的。"

"布兰德先生在贾马拉做的就是这种工作吗?"

莫尔斯认真地望着奥格尔比,不过这位副秘书沉着地继续说话。"还有其他事情,没错,他负责那里的整个行政架构。"

莫尔斯认定自己可以从另外一个角度处理问题,于是再次踮起脚,小心翼翼地走过冰面。

"会不会有哪个外人,比如清洁工,打开这间办公室的文件柜,然后拿到自己想要的考卷?"

"严格来说,我觉得可以。如果他有钥匙,知道要看哪里,知道复杂的科目编号系统,聪明到能够理解各种修正和印刷符号,那么他当然可以把偷来的东西复印。每张清样和校样都仔细编了号,没有人可以抽出一张就走。"

"嗯。那么考官呢?比如他给某个非常愚蠢的考生打高分?"

"恐怕不可能。每张考卷的得分都要根据评分表严格检查。"

"好,比如考官给试卷上的所有考题都打了高分——即便答得一塌糊涂?"

"如果考官那么做,他肯定几年前就被开除了。您知道,考官本人也要受到我们称为'督考'的人的监督,每次考试之后,督考都要报告所有部门每位成员的情况。"

"不过督考也会……"算了,莫尔斯,就这样吧。他开始明白事情比他想象的要复杂得多。

但是奥格尔比解释了他的疑问。"哦,是的,探长,如果高层有人是个骗子,就会非常容易——确实非常容易。不过您为什么要问我这些呢?"

莫尔斯想了一会儿,然后告诉了他:"我们要找到谋杀昆恩的动机,先生。当然有一百零一种可能,但是我只是在想——可能他发现了什么,呃,比如什么舞弊情况,就是这样。不管怎样,您对我们很有帮助。"

奥格尔比站起来准备离开,莫尔斯也站了起来。"我问了其他人上个星期五下午他们在做什么。我觉得我也该问您——就是说,如果您还记得的话。"

"哦,是的。非常容易。上午我去了牛津大学出版社,很晚才和总编一起到伯尔尼饭店吃了午饭,然后就回到了这里,哦,大概是三点半左右,我想是的。"

"下午余下的时间您都在办公室里吗?"

"是的。"

"您确定吗,先生?"

奥格尔比目光坚定地看着他。"相当确定。"

莫尔斯犹豫了一下,考虑是现在直说还是以后再说。

"怎么了,探长?"

"有些奇怪,先生。我从,呃,其他渠道了解到,星期五下午晚些时候,这里没有人。"

"好吧,您的信息渠道肯定是错的。"

"您是不是出去了一会儿?比如上楼去见总务长?"

"我肯定没出过办公室。我可能是去过楼上,不过我记得没有。如果我去了,肯定顶多只有一两分钟。"

"那么,如果有人说星期五下午四点一刻到五点一刻之间这里没有人呢?"

"我会说这个人搞错了,探长。"

"但是如果他坚持——"

"那么他在说谎,明白了吗?"奥格尔比平静地笑了笑,轻轻关上门出去了。

要么是你在说谎,莫尔斯独自坐在那里,心里想道。虽然你不知道,我的好朋友奥格尔比,但有两个人都说你不在这里。如果你不在这里,你究竟在哪里?

# 12

警车停在人行道旁边,白色的车身中间有一条宽阔的浅蓝色条纹,迪克森警官敲了敲老马斯顿村这座漂亮的独幢平房的门。门立刻开了,开门的是一位穿着时髦、相貌迷人的女子。

"海特小姐?"

"怎么了?"

"您女儿在吗?"

海特小姐的脸上泛起小女孩一样的嬉笑。"别犯傻了!我才十六岁!"

迪克森傻乎乎地咧嘴一笑,然后接受这位年轻女士的邀请,走进屋里。

"是昆恩先生的事情,对吗?相当刺激。唔。想想看。他和妈妈在一幢楼里工作!"

"您见过他吗,小姐?"

"没有,非常遗憾。"

"他从来没来过这里?"

她又咯咯地笑了起来。"除非我在学校发奋的时候妈妈把他带到这里来了。"

"她不会那样做吧?"

她开心地笑了笑。"你可不了解妈妈!"

"您今天怎么不上学,小姐?"

"哦,我要补考几门普通教育证书课程。我夏天就考过了,不过恐怕有几门课考得不太好。"

"是哪几门?"

"人体生物学,法语和数学。我的数学没什么希望。我们今天上午考了卷二——真的很难。您要不要看看?"

"现在不要,小姐。我,呃——我只是奇怪您为什么没有去上学,就是这样。"问题不是非常巧妙。

"哦,没有考试的时候,老师就让我们回家。非常不错。我吃完午饭就回来了。"

"您都会回家吗?我是说——放学之后。"

"没有其他事情可做呀?"

"您要复习,是这样吗?"

"复习一点。不过我经常看电视。您知道,儿童节目。其实很不错。有时候我觉得自己根本没有长大。"

迪克森觉得不应该跟她就这个问题争论。"那么,最近几天您基本都在家里吗?"

"下午基本都在。"她天真地看着他,"明天下午我还是在家。"

迪克森窘迫地咳嗽了一下。他完成了莫尔斯交代给他的一点准备工作。"我看过那些儿童电影里的一部,小姐。关于狗的。上星期五下午,我想是的。"

"哦是啊。我也看了。我基本上一直都在哭。您哭了吗?"

"有点催人泪下,我同意,小姐。不过我不应该耽误您复习。就像我说的,我真正想见的是您母亲。"

"但是您刚才说——您刚才说您想见我!"

"恐怕我刚才有点糊涂,小姐。我只是想——"他没有继续说,而是站了起来。他的任务其实完成得不错,他觉得高级探长肯定对他很满意。

当天晚上七点,莫尔斯独自坐在办公室里。白色的日光灯管发出刺眼的光芒,照亮了安静的房间,外面院子里的一盏黄色路灯透过没有窗帘的窗户,更加显出夜晚的漆黑。有时候——特别是现在这种时候——莫尔斯会盼望有个在家等着他的妻子,能为他准备好温暖的拖鞋。同样是这种时候,谋杀显得残忍而恐怖……迪克森报告了自己和萨莉·海特的会面,漆黑的洞穴里,远端墙上模糊的影像现在显出更加清晰的轮廓。莫妮卡对他撒了谎。马丁对他撒了谎。奥格尔比可能也对他撒了谎。巴特利特也撒谎了吗?矮胖、谨慎的巴特利特,就像节拍器一样严密。如果是他杀死了尼古拉斯·昆恩……

有半个小时,他让自己的思想狂野而自由地奔驰,天马行空。然后他停了下来。他需要更多事实;此时此刻,事实正在面对着他,就在装满昆恩口袋里东西的深蓝色塑料袋里,昆恩的绿色防水外套里,还有刘易斯的物品清单里。莫尔斯清空了桌面,开始工作。昆恩口袋里的东西没有什么意思:一个钱包,一块脏兮兮的手帕,半包宝路糖,一本日记（里面什么都没写），四十三个半便士，一把粉红色的梳子，半张电影票，两支黑圆珠笔，几张揉皱的购物优惠券，一份劳埃德银行萨默顿分行的对账单，显示现金账户余额为一百一十四镑四十便士。就是这么多。莫尔斯把每件物品整齐地放在面前，坐在那里端详了几分钟，最后拿起一张便笺纸，把所有物品仔细列在了清单里。没——错。他的头脑几分钟之前就闪过这个念头。确实很奇怪……然后他拿起防水外套，又从两边的口袋里拿出几样东西：另一块脏手帕，汽车钥匙，一个黑色钥匙夹，两张旧彩票，二十三便士，还有一个寄给昆恩的白色空信封，上面用铅笔写着"乱糟糟"。"好，好。"莫尔斯自言自语。他的"天马"可以在这里纵横驰骋，但是他决定不给它们任何机会。他又极为仔细地把东西列入清单，然后靠在椅子上。就像他想得一样，不过当天夜里就返回派恩伍德巷那些偏僻的房间有些太晚了。不管怎样，还有点毛骨悚然。

莫尔斯大致看过眼前的证据之后，开始系统研究每件物品。首先是钱包：一张驾驶证，一张皇家汽车俱乐部会员卡，一张劳埃德银行的支票卡，一张过期的国家卫生事业滴耳液处方，上个月的工资单，一张拉德克利夫医院耳鼻喉科的蓝色门诊预约卡，一张五英镑钞票，三张一英镑钞票，一张评审会的致谢卡，上面写着两个电话号码。莫尔斯拿起电话，拨了第一个，不过他的耳朵里只能听到不断的啸叫。于是他拨了第二个。

"喂？我是莫妮卡·海特。"

莫尔斯赶紧挂上电话。他知道自己有些无礼，不过他觉得莫妮卡现在对他不会太满意。对迪克森警官也一样。然而，这让他很想知道评审会内部的人际关系究竟是什么样。

接下来，引起莫尔斯注意的是那张剩下右边一半的浅黄色电影票。

最上面是数字 102，下面是"后厅"，右侧从上到下写着数字 93550。票的背面有一个五边形图案。肯定有人知道这是哪家电影院，他觉得。刘易斯的任务，可能……然后他突然明白了。真是愚蠢！最上面根本不是 102。字母 o 和 2 之间只有一个很小的空隙，莫尔斯看到电影院的名字正在盯着自己：二号录像室①。他知道那个地方：在沃尔顿街。莫尔斯昨天买了一份《牛津邮报》（里面有昆恩遇害的简短报道），他翻了几页，发现星期二是评论家给牛津市民介绍当下娱乐活动质量的一天。没错，在这里：

> 非常容易理解《色情女郎》为什么要在二号录像室继续放映一星期。影迷蜂拥而至，观赏瑞典性感明星英格·尼尔森。稍经挑逗，她就顺从地露出四十英寸的胸部。迫不及待。

莫尔斯读完影评之后心情复杂。这些评论家显然还没有开始使用公制，而且这位"影迷"甚至连这个称呼都不会拼。不过莫尔斯觉得英格非常有吸引力，而且肯定能吸引很多和他一样的人。特别是星期五下午上司不在……他翻过电话号码簿，找到号码，要求经理接电话，然后惊讶地发现是一位女经理。

"哦是的，警官。我们的票都可以查。浅黄色，您是说？后厅？哦是的。我们应该可以帮助您。您知道吧，所有电影票都有编号，每天日场开始都有记录，然后是六点场，然后是九点场。您有号码吗？"

莫尔斯读了号码，感到非常激动。

"请等一分钟，警官。"结果等了三四分钟，莫尔斯紧张地翻着电

---

① "二号录像室"的英文写法为"Studio 2"。

话簿,"您还在吗,警官?是的,没错。上星期五。是最早卖出的几张票之一。电影院一点一刻开门,一点半开始放映。第一张后厅票号码是93543,因此那张票肯定是五到十分钟之内卖出的,我觉得是这样。一般会有五六个人在门口等着开门。"

"您对这一点相当肯定吗?"

"相当肯定,警官。如果您需要,可以到我们这里检查一下。"听起来她是个年轻漂亮的姑娘。

"我可能要去。你们现在有什么电影?"他觉得这句话听起来相当无辜。

"我觉得大概不是您喜欢的,探长。"

"我不会过于肯定,小姐。"

"夫人。不过如果您要来,可以来找我,我帮您免费进场。"

莫尔斯遗憾地想到自己还要对这种馈赠吹毛求疵多少次。不过其实并不是那样。他只是害怕被人看见。如果她说的是……

不过她说了别的什么,莫尔斯一下从椅子上跳了起来。"我觉得我应该告诉您,探长,上星期有人问了我同样的问题。"

"什么?"他差点对着电话叫起来,不过他的声音随后变得非常平静,"请问您能再说一遍吗?"

"我说有人——"

"是什么时候,您记得吗?"

"我不能肯定;什么时候——我想想。我应该记得。这种事不是很常见——"

"是星期五吗?"莫尔斯非常激动,按捺不住。

"我不知道。我想想看。是下午。我记得,因为我当时正在售票室值班,电话响了,我就接了电话。"

"刚过中午?"

"不是,比那迟得多。等一下。我觉得是……等一下。"莫尔斯听到后面有人说话,然后又听到了经理的声音,"探长,我觉得是快到傍晚的什么时候。大概是五点左右。请原谅我没办法——"

"可能是星期五,您觉得?"

"是——的。或者是星期六。我只是——"

"是个男人,对吗?"

"是的。他的声音很好听。很有修养——您知道我的意思。"

"他问了什么?"

"呃,其实非常有趣。他说自己是个侦探小说家,想调查一些细节。"

"什么细节?"

"好吧,我记得他说想在自己小说里的侦探发现的电影票上写一些号码,然后他想知道上面有几位数——就是那种问题。"

"您告诉他了吗?"

"没有,我没告诉他。我告诉他可以过来见我,如果他愿意;不过我感到有点——好吧,您知道的,现在做事不能不小心。"

莫尔斯朝着电话重重地喘了口气。"我明白了。好的,非常感谢您。您对我们帮助非常大,就像我说的,我可能还要麻烦您——"

"不麻烦,探长。"

莫尔斯放下电话,轻轻吹了声口哨。嘀!星期二早晨之前就有人发现了昆恩的尸体和那张电影票?很久之前?星期六;经理说可能是星期六。而且不可能是星期五,不是吗?她说大概是五点。莫尔斯又迅速看了一眼《牛津邮报》,看到了时间:《色情女郎》。下午一点半到三点二十分。星期五下午三点二十分之前,昆恩都在尽情饕餮英格·尼尔森的饱满胸部,电影结束之前肯定不会有什么事情把他拽出二号录像室。当然,除非……他终于明白了:那个星期五下午,昆恩很有可能不是一个人坐在二号录像室里。

# 13

第二天下午两点，莫尔斯和刘易斯站在派恩伍德巷，等待贾丁夫人到来，他试图忘掉上午悲惨的场景，可是挥之不去。昆恩夫妇从哈德斯菲尔德坐火车来了，在人生废墟里的某个地方，在眼泪与悲痛里的某个地方，他们还在努力保持平静的尊严和勇气。莫尔斯陪着老昆恩先生一起去了太平间正式辨认了他儿子的遗体，然后和这对夫妇一起在自己的办公室里待了一个多小时，可是没办法告诉他们多少东西，只能说说那些常见而徒劳的同情话。莫尔斯望着这对可怜的夫妇坐进警车驶向牛津的时候，他感到由衷的敬佩——甚至是解脱。整个谈话让他很难受，除了和《牛津邮报》记者的几分钟谈话之外，他完全没有心思对付这些不断增加的线索，还原尼古拉斯·昆恩生命里的最后几个小时。

有两个人正在修一号楼前面的路灯。莫尔斯走到他们旁边。"他们过多久就会再来把路灯砸坏啊？"

"很难说，警官。不过，说实话，我们这里破坏公物的情况并不多，对吧，杰克？"

不过莫尔斯没有机会听到杰克对当地野蛮行为的看法，因为贾丁夫人开车来了，然后他们三人走进房子，在客厅里一起坐了半个小时。贾丁夫人把自己了解的前房客的全部情况告诉了他们：他八月中旬过来见了她；她和巴特利特谈过话（昆恩选他做介绍人）；他很爱整洁，付房租很准时；他通常怎样过周末；还有莫尔斯能够想到的有助于了解昆恩生活的全部问题。但是他什么都没有得到。昆恩看起来是个模范房客。安静，整洁，不听留声机。女朋友？据她所知没有。她当然没办法阻止那种事情，不过她的房客最好——好吧，您知道的，检点一些。其他人——楼上的？哦，他们和昆恩先生相处得很好，她觉得，虽然她其实并不知道，不是吗？不过，格林纳威夫人星期二不在真好！非常难说——这样震惊。没错，那真是一件幸事。

这个下午还是很冷，莫尔斯起身打开火炉，尽量把自动开关拧到最大。但是没有反应。

"您得用火柴，探长。这种东西好像从来都不好用。生产厂商是怎么蒙混过关的——"

莫尔斯点了一根火柴，火炉喷出一团橙色的火焰。

"煤气和电要不要另外收钱？"

"不用。都包括在房租里了。"贾丁夫人说。不过好像是要证明自己并非过度大方，她连忙补充说房客当然要分摊电话费。

莫尔斯有点迷惑。"我不太明白您的意思。"

"啊，他们共用一条电话线，您知道。楼上格林纳威夫妇的卧室里有一部电话，这个房间里也有一部。"

"我明白了。"莫尔斯平静地说。

房东离开之后，莫尔斯和刘易斯走进发现昆恩尸体的那个房间。尽管窗帘现在拉开了，可是屋里显得和他们上次来的时候一样阴沉，而且肯定更冷。莫尔斯弯下腰，试着打开煤气炉的开关。他试了一次，又一次。可是没有反应。

"可能是里面没有电池了，长官。"刘易斯打开侧板，拿出两节短粗的永备牌电池，现在已经沾满黏滑、发霉的电解液。

同一个星期四的上午，乔伊斯·格林纳威离开了约翰·拉德克利夫医院的重症监护室；下午两点半，一个老同学来看她的时候，她正在楼下两层的一间舒适的病房里，旁边还有三位产妇。谈话的内容都是孩子，孩子，孩子，乔伊斯感到非常快乐。再过几天她就可以出院了，她感到内心深处正在涌起一股奇妙的母爱。她多么喜欢自己可爱的孩子！他肯定会好好的——毫无疑问。不过给他起什么名字的问题还没有解决。弗兰克其实并不是很喜欢"尼古拉斯"，乔伊斯想让他来选择。不管怎样，她自己并不特别在意名字。她最开始提到这个名字的时候非常随意，不过只是必须看看弗兰克有没有怀疑什么，尽管她先前有些担心，她现在倒是相信他并没有怀疑。原本就没有太多可以怀疑的。

开始是九月初尼古拉斯刚刚搬来的时候，他好像总是会用完火柴、白糖或者牛奶票之类的东西；而且他非常感激和关心她——她已经怀孕六个月了！然后，那个星期六的上午，她用完了牛奶的时候，弗兰克又在没完没了地加班，她穿着睡衣和家居袍下了楼，他们坐在厨房里一起喝咖啡，喝了很久，她渴望他吻她。他吻了她，站在她旁边，扶着她的双肩，然后轻轻揭开她的家居袍，把右手伸进她的睡衣里，轻轻抚摸着她小而坚实的胸部。后来这样的情景又发生了三次,他对她的身体要求只是用指尖轻轻抚摸她的腿和挺起的肚子,这让她感到非常温柔。只是那次她没有被动地靠在那里,而是让身体顺从他的手带给她的强烈刺激。只是那次——她用手指羞涩而轻柔地抚摸了他。哦是的,非常非常轻柔!她感到心中异常喜悦,他最后把头靠在她的肩膀上,当时她对他轻轻说出的话现在让她感到非常内疚。不过弗兰克永远不会知道,她向自己保证过,再也,再也不会……不会……

四点钟,她被茶杯碰撞的声音吵醒了,一刻钟之后,护士推来了放着书刊报纸的推车。她买了一份《牛津邮报》。

莫尔斯早来了几分钟,不过评审会主任已经在里院楼梯间上面橡木装饰的房间里等他了,两个人随意聊了几句,四点零五分的时候,一个勤杂工敲了敲门,托着茶盘走了进来。

"我们觉得我们可以喝点大吉岭①。您觉得怎么样?"他的声音和他的人一样多愁善感,彬彬有礼。

"不错。"莫尔斯答道,虽然他不知道大吉岭是什么。

穿着白色外套的勤杂工把深棕色的液体倒进印着隆斯戴尔学院徽章的骨瓷茶杯里。"要加牛奶吗,警官?"

莫尔斯愉快而超然地旁观。主任好像总要加一片柠檬和半勺糖,勤杂工会把糖量好的,几乎精确到颗粒,然后极为仔细地搅拌。这个老家伙可能还要勤杂工为他系鞋带!脱离现实的幻境!莫尔斯抿了口茶,靠在椅背上,看到主任正在对自己狡黠地微笑。

---

①大吉岭(Darjeeling),印度东北部西孟加拉邦大吉岭地区出产的红茶,价格昂贵。

"您其实并不喜欢这样,我明白。我并不是责怪您。他跟着我已经快三十年了,而且他几乎——不过,很抱歉,我差点忘了。您来见我是为了昆恩的事。我能告诉您什么呢?"

主任显然是个敏感而文雅的人:他六十五周岁,应该明年退休,昆恩遇害的悲剧笼罩着评审会很多重要客户,这显然让他很难过。莫尔斯觉得,这种同情显得相当自私。

"您觉得评审会是个让人开心的地方吗,先生?"

"哦,是的。我觉得每个人都会这样说。"

"没有矛盾?没有,呃,个人恩怨?"

主任看起来有点不安,显然他可能有一两条保留意见——当然不是什么大事。"总是有一些,呃,麻烦。您知道他们非常,呃——"

"什么麻烦?"

"好吧,主要是,我觉得,那里总是有一点,呃,摩擦,我们可以说,老一辈——就是我这一辈——和某些更年轻的评审员之间。您知道我的意思。我年轻的时候也是那样。"

"年轻人有自己的想法?"

"我很高兴他们有想法。"

"您能想到什么具体情况吗?"

主任又有些犹豫。"您和我一样了解这种事情,不是吗?比如一两个人有时候有点脾气。"

"这件事和昆恩有关吗?"

"说实话,高级探长,我觉得没有。您知道,我想到了昆恩被聘用之前的一件事情——其实是我们正在聘用他的时候。"他简要说明了面试委员会在选择候选人上的分歧,莫尔斯相当专注地听着。

"您是说巴特利特不想聘用昆恩?"

主任摇了摇头。"您误解了。秘书对他很满意。不过,就像我说的,他的个人意见是把工作给另外一个人。"

"那么您呢,先生?您是怎么想的?"

"我,呃,我觉得秘书说得对。"

"然后鲁普先生扫了大家的兴?"

"不是,不是,您还是误解了。昆恩是委员会聘用的——不是鲁普先生。"

"听着,先生。请您对我实话实说。巴特利特和鲁普之间并没有因此不和,我这样说对吗?"

"您觉得茶还不错吧,高级探长?您都没怎么喝。"

"您不准备回答我的问题吗,先生。"

"我确实觉得这个问题您还是问他们比较好,不是吗?"

莫尔斯点了点头,喝完了微热的液体。"那么常任雇员呢?有没有,呃,什么摩擦?"

"您是说毕业生中间?没——有,我觉得没有。"

"您好像不太确定。"

主任靠在椅背上,慢慢喝完了手里的茶,莫尔斯觉得自己可以再碰碰运气。

"比如海特小姐。"

"可爱的姑娘。"

"您是说我们不能过于责怪其他人,如果……"

"如果有任何,呃,有任何那种情况,我只能说我完全不清楚。"

"不过,有些风言风语?"

"我们都不是道听途说的人。"

"是吗?"不过主任显然并不准备回应,莫尔斯再次转换了话题,

"巴特利特呢？他的人缘怎么样？"

主任目光敏锐地看着莫尔斯，又小心地倒了点茶。"您的意思是？"

"我就是想知道其他毕业生有没有任何理由——去，您知道——"莫尔斯不知道自己在想什么，不过主任好像明白。

"我觉得您在想奥格尔比？"

莫尔斯深沉地点了点头，尽量显得无所不知。"是的，我就是想说奥格尔比先生。"

"不过这是陈年旧事了，不是吗？很久之前了。啊！我记得当时觉得奥格尔比是更好的人选。其实我投了他的票。不过回想起来，我肯定巴特利特是更明智的选择。我们都很高兴奥格尔比愿意做副秘书。他很有能力。我相信只要他想，他……"主任现在说话很放松，莫尔斯感到自己的注意力正在越飘越远。这么说，巴特利特和奥格尔比一起竞争秘书职位，奥格尔比的申请没有成功，可能这种侮辱会日积月累——可能还是耿耿于怀。不过这和昆恩遇害到底有什么关系？如果巴特利特遇害了——或者奥格尔比——没错！不过……

主任站在窗前，望着莫尔斯绕着庭院轻快地散步。他知道自己之前十分钟的话都在对牛弹琴，而且他怎么也无法理解这位高级探长的脸上突然闪现的平静而满意的表情。

刘易斯喝完了茶，正要离开警察餐厅，迪克森走了进来。

"我看到您需要帮助，警探。老莫尔斯遇到麻烦了，对吗？"

他把《牛津邮报》递给刘易斯,指着头版底下的一段话:

凶杀案调查

警方正在调查基德灵顿派恩伍德巷一号N.昆恩先生遇害一案,昆恩先生的尸体于星期二早晨被外国考试评审会的同事发现,警方呼吁所有于十一月二十一日星期五晚或者十一月二十二日星期六见过死者的人提供线索。负责调查的莫尔斯高级探长今天指出,相关信息对确定昆恩先生的死亡时间至关重要。死因裁决将于下星期一举行。

刘易斯看了看文章旁边的照片,然后把报纸还给了迪克森。他的内侧口袋里装着莫尔斯让昆恩父母从哈德斯菲尔德带过来的原件。有时候他必须承认,莫尔斯确实在完成困难的任务;相比之下,自己现在的小任务简直轻而易举。

他很快就找到了年轻的经理,得知他提供的一小卷薄纸包含了极为丰富的信息:最上方是日期;右侧是"顾客编号";买的每件商品都按照不同部门分了类,用罗马数字Ⅰ到Ⅳ 标了出来;收银台号码标在最后。刘易斯得知,"顾客流"星期五一般比较固定,白天大多数时间人都很多,(虽然经理不愿说得很精确)不过这些商品肯定都是在下午晚些时候或者傍晚买的。如果他要猜的话?好吧,五点到六点半之间。不过,遗憾的是,负责三号收银台的那位走路摇摆、身材矮胖的女士什么都不记得了,甚至完全想不起来自己曾经见过照片里的那张脸。她一般只看买的东西——您明白，很少看脸。"

啊好吧！

刘易斯感谢了经理，离开了基德灵顿优质超市的店铺。莫尔斯可能不会太满意，不过全部线索好像都汇聚成了稳定、清晰的图案。

"为什么，为什么，为什么你不告诉我？你肯定知道——"

"别说了，乔伊斯！你知道为什么。你肯定会不舒服，而且我们已经——"

"那样受到的惊吓肯定还不到在报纸看到这件事的一半！"

他难过地摇了摇头。"我只是觉得我做得对，亲爱的。就是这样。有时候你就是做不到，不是吗？"

"不，我不这样想。"她完全明白，不过她知道他不明白。他怎么会明白呢？

"就像我说的，不需要担心任何事！等你好起来，我们再谈这些事情。不过不是现在。很快都会过去的——你知道；我们先把目前的事情处理好。"

不，他根本不理解。他想尽办法不说这么多话，不过他完全弄错了。其实她根本没有想过他们以后是否应该回到派恩伍德巷继续租住。没有。她现在正在考虑更加迫切的事情，关于那件事情，她什么都不会告诉他。至少不是现在。

# 14

克里斯托弗·鲁普很愿意见莫尔斯，星期五刚过中午十二点，他们在圣阿尔代路上基督教堂大门正对面的黑狗酒吧见面。鲁普提到他可能会迟到几分钟——他的辅导课要上到十二点——不过莫尔斯面前放着一品脱啤酒，并不介意等他。他很想见到这位年轻的化学老师，因为如果有局外人看到昆恩遇害，他肯定会认定鲁普最有可能是凶手，而目前他已经掌握了关于鲁普的一些重要情况。首先，他知道鲁普在一家海湾石油公司工作过，可能和实权人物有了某种关系。如果真有这种非常赚钱但是极为邪恶的背叛公共信任的事件，那么这种交易肯定要在某个阶段（虽然比较晚）牵涉到牛津的布兰德。这肯定是一种可能。其次，鲁普是化学老师——不管是谁杀害了昆恩，这人肯定有丰富的化学知识，知道氰化物的致死剂量。谁比鲁普更清楚？第三，上星期五，正是鲁普在非常非常关键的时刻——四点半左右（根据诺克斯的说法）——突然出现在了评审会大楼里；而且也是鲁普依次看过每位毕业生员工的房间。他到底在那里干什么？诺克斯上楼喝茶之后他又做了什么？第四，鲁普和巴特利特之间存在非常奇怪的敌意，莫尔斯觉得这种敌意的原因可能隐藏得更深，而且看起来深得多，远远不止是聘用昆恩这件事情上的暂时观点冲突。没错……有趣的是冲突的对象就是昆恩。这和第五点非常吻合，上午早些时候莫尔斯在大学登记处耐心寻找后发现了这个情况：鲁普曾经就读于布拉德福德的一所公学，昆恩短暂的一生里几乎都住在那里，先是学生，然后是老师。两人在昆恩被评审会聘用之前彼此认识吗？为什么鲁普这样明显地想要昆恩得到聘用？（莫尔斯意识到，自己正在忽视主任对于自己同事社会良知的宽容看法。）这是为什么？现在，昆恩三十一岁，鲁普三十岁，如果他们是朋友……但是这里有什么逻辑？他不会去杀害自己的朋友。除非，那是——

三个留着长发和胡须的本科生大笑着走进酒吧，身上穿着圆领汗衫和牛仔裤，莫尔斯感叹时代的变化。他自己当时戴围巾，系领带——有时候穿着学院外套。不过那好像是很久以前的事了。他喝完了玻璃杯里的啤酒，看了看手表。

"莫尔斯高级探长？"是那三个大胡子里的一个，莫尔斯意识自己脱离现实的程度要比自己想象的远得多。

"鲁普先生？"

这个年轻人点了点头。"我能请您喝一杯吗？"

"还是我来——"

"不用，不用。我的荣幸。您喝什么？"

他们喝着啤酒，莫尔斯有些困惑，不过他非常谨慎地解释了一些情况，而且强调确定昆恩的确切死亡时间的重要性。当问到鲁普星期五去评审会的事情时，莫尔斯喜出望外地发现鲁普能够多么仔细而且

（如果诺克斯可以相信）多么准确地回顾自己进入大楼那一刻之后的举动。总之，鲁普和诺克斯好像在绝大多数环节上都能互相佐证对方的证言。不过鲁普的记忆好像在几点上有些不太清楚，莫尔斯立刻在这些问题上进一步追问。

"您说昆恩的写字台上有便条？"

"是的。我肯定勤杂工肯定也看到了。我们都——"

"不过您不记得上面究竟说了什么？"

鲁普沉默了几秒钟。"不太记得。好像是——哦，我不知道——是'马上回来'，我觉得是。"

"昆恩的防水外套在其中一把椅子上？"

"没错。搭在他写字台后面的椅子上。"

"您有没有注意到它是不是湿的？"

鲁普摇了摇头。

"而且文件柜都敞开着，您刚才说？"

"其中一个是，我确信这一点。勤杂工推上柜门，锁了起来。"

"文件柜开着有点不寻常——巴特利特在附近，我是说？"莫尔斯仔细看着化学老师，但是没有看出对方有什么反应。

"是的。"鲁普坦率地咧嘴一笑，"有点讨厌，您知道，老巴特利特，经常巡视，让他们保持警觉。"他点了一支烟，把用过的火柴小心地放到左手边的盒子里。

"您和他相处得怎么样，先生？"

"我？"鲁普大声笑了起来，"恐怕我们互相不买账。我觉得您听说过——"

"我知道你们不是知心朋友。"

"哦，我不会这样说的。您不能相信听到的每件事情。"

莫尔斯没有理会。"您刚才说奥格尔比先生不在他的房间里？"

"我去的时候他不在。"

莫尔斯点了点头，相信了他。"您在那里待了多久，先生？"

"一刻钟吧，我觉得。肯定是的。如果奥格尔比或者其他人在楼里——好吧，我只是没有看到他们，就是这样。我可以肯定，如果他们在那里，我肯定会看到他们。"

莫尔斯又点了点头。"我觉得您是对的，先生。我觉得那里没有人。"他的头脑恍惚，有一秒钟，洞穴墙壁的一个阴影聚焦成了完整的形象——莫尔斯觉得自己可以非常轻易地认出这个形象……

鲁普打断了他的想法。"还有什么我能告诉您的吗？"

莫尔斯喝完了啤酒，告诉他还有一些。他要求鲁普说明自己上个星期五全天的活动，鲁普欣然接受：他坐八点零五分的火车去了伦敦；九点十分抵达帕丁顿；搭乘环线地铁到了市长官邸；同自己的出版社商谈即将出版的化学工业著作的最终校稿，十点三刻左右离开；在斯特兰德的某个地方吃了鸡肉沙拉；又在特拉法加广场的国家肖像馆里待了一小时左右；然后返回帕丁顿，搭乘三点零五分的火车回到牛津。

虽然莫尔斯无法说明原因，但他突然确信，鲁普在某个方面撒了谎。而且非常熟练，非常狡猾。其中很多肯定是真的（比如关于出版社的那一点）。嗯。他显然去过伦敦；不过他到底是什么时候回来的？鲁普说自己上午十点三刻左右离开了出版社。可能坐出租车到了帕丁顿？简单！鲁普可能午饭之前就回了牛津。"只是出于兴趣考虑，先生。"他非常平淡地问道，"您觉得自己可以证明这一切吗？"

鲁普目光锐利地看着他。"不，我觉得不能。"眼神像钢铁一样坚定。

"您没有去见您在伦敦的什么熟人?"

"我告诉过您。我去看了——"

"当然。不过我是说后来。"

"不,没有。"这句话说得缓慢而均匀,莫尔斯感到,在纤细的身材和矫揉造作的时髦打扮之下,鲁普可能比外表强悍得多,无论是身体还是精神。有一点非常肯定:他不愿意听到自己的话受到质疑。可能这就是为什么他和巴特利特……

"好的,不过现在不要紧,先生。请您告诉我一些别的事情,如果您愿意。昆恩来牛津之前,您认识他吗?"

"不认识。"

"你们是同乡,不是吗?"

"您是说我没有牛津口音?"

"我觉得您是约克郡人。"

"您做了准备工作,我明白。"

"这就是他们付钱让我做的事,先生。"

"我是布拉德福德人,昆恩也是。不过,我要说清楚。他到面试委员会应聘之前,我从来没有见过他。您相信吗?"

"我相信您告诉我的一切,先生。为什么不呢?"

"如果您要相信某些人告诉您的一切,您就是个傻瓜。"现在几乎不用掩盖他声音里的敌意,莫尔斯开始觉得很愉快。

"我觉得您应该知道。"莫尔斯平静地说,"不管我是什么,我都不是个傻瓜,先生。"

鲁普没有回答。莫尔斯继续提问。"您有车吗?"

"没有。以前有,不过我现在就住在伍德斯托克路——"

"那是单身公寓,对吗?"

鲁普突然放松，坦诚地笑了起来。"听着，探长，您为什么不问我一些您不知道的？"

莫尔斯耸了耸肩。"好的。告诉我。您从伦敦回来的时候下雨了吗？"

"倾盆大雨，没错。我——"突然他的眼睛里闪过一道光，"是的。我在火车站叫了出租车——直接去了评审会！肯定会在那里有记录，不是吗？"

"您还记得司机吗？"

"不。不过，我想我记得出租车公司。"

当然，鲁普没错。不应该那么困难。"我们可以试着——"

"为什么不呢？"鲁普站了起来，拿起一摞书，"现在是最佳时机，他们这样说。"

他们走到卡尔法克斯，左转走上王后路，莫尔斯觉得他在哪里弄错了，不过他什么也没说，直到他们走到火车站，那里有一排出租车停在人行道旁边。"您最好让我来，先生。我有一点经验——"

"我想自己来，如果您不介意，探长。"

因此莫尔斯随他去办；然后站在"自助餐"的牌子下面等待，感到自己就像是谚语里说的"妓女婚礼上的备用零件"。

五分钟之后，鲁普垂头丧气地回来了。没有他想得那样容易，如果莫尔斯不介意，就是那样。不过莫尔斯为什么要介意？如果这个年轻人这样急于证明自己……"再来一杯啤酒？"

他们走过售票区，来到了检票口。

"我们只想要点啤酒。"莫尔斯解释道。

"恐怕你们需要站台票，警官。"

"啊，见鬼。"莫尔斯说，他又转过身对着鲁普，"我们去王家牛津旅馆喝吧。"

"等一下！"鲁普平静地说。他的眼睛再次闪亮，然后走了回去，拍了拍检票员的肩膀，说："您还记得我吗？"

"不记得，伙计。"

"上星期五下午您在这里当班吗？"

"没有。"不屑一顾。

"您知道是谁当班吗？"

"您还是问办公室吧。"

"在哪里？"

那个人含糊地指了一下。"不过没什么用。现在是午餐时间，不是吗？"

显然，这不是鲁普的好日子，莫尔斯把手放在他的肩膀上表示同情，转身对检票员说："给我们两张站台票。"


半小时之后，鲁普走了，莫尔斯坐在狭窄的自助餐桌旁边陷入沉思，一对年轻的情侣走到他对面坐了下来，他的表情好像无动于衷。不过如果他们更加仔细地看他，而不是那样热切地望着彼此，他们可能会发现他的嘴角浮现出一丝满意的微笑，非常细微，若隐若现。他坐在那里一动不动，灰色的眼睛盯着远处宽阔的蓝天，目不转睛，永不停歇的思想在他的脑海里不停翻腾……直到开往伦敦的火车隆隆作响地停靠在月台上，才打破了魔咒。

年轻的情侣站了起来，简短而热情地亲吻，然后温柔地告别。

"我以后不来月台了。"他说，"总是让我难受。"

"是啊。你快走吧。星期六再见！"

"没问题!"

那个女孩穿着高跟靴子走向一号月台的门口,那个男孩目送她走了过去,然后摸索着自己的站台票。

"别忘了。下次我带饮料。"她的话几乎听不见了,不过男孩明白,点了点头。然后她走了;莫尔斯感到似乎有一只冰冷的手指顺着背脊滑下。那就是离他而去的记忆。是啊!这些记忆都在源源不断地迅速重现。当时他还在念本科,他邀请轻浮的小护士回到自己在伊夫利路的住处,她坚持要带一瓶酒,因为她父亲开酒吧,她问他最喜欢的饮料是什么,他说是苏格兰威士忌,她说自己也是,主要不是因为她喜欢酒的味道,而是因为酒会让她感到非常兴奋还有……天哪,是的!

莫尔斯关上遥远而神奇的记忆。主要轮廓又在变得模糊,但是其他情况正在黑暗洞穴的墙壁上出现,共同形成更加合乎逻辑的组合。而且逻辑性强得多。莫尔斯递上站台票,走进外面晴朗的下午,他更加确信,那个星期五下午,还有别人在二号录像室。他看了看表:下午一点三刻。非常诱人。天哪,是的!电影院步行三四分钟就能到,英格会向他们展示一些戏法。啊,很好。

他叫了一辆出租车。"请到外国考试评审会。"

# 15

"我不管你问她什么。"莫尔斯断然说道,"我把她带到这里之后,只要让她连续说十分钟,这就是我要的。"刘易斯半小时以前又被叫到评审会,现在看起来非常不自在。"不过,您要我查什么?"

"随你的便。问她三围是多少。"

"我希望您能严肃一点,长官。"

"好吧,问她杜松子酒是不是直接进了她的胸部,或者类似的东西。"

刘易斯认定自己没办法和这种情绪下的莫尔斯交谈。他怎么了?肯定有什么事。他突然变得像音乐节目主持人一样轻松愉快。

莫尔斯穿过走廊,敲了敲莫妮卡的门,走了进去。"您能不能抽出一分钟,海特小姐?不会太久。"他礼貌地把她领到昆恩的办公室里,让她坐在刘易斯对面的椅子上。刘易斯显得很不情愿,而莫尔斯则站在旁边无所事事。

几分钟之后,电话铃响了,刘易斯接了电话。"找您的,长官。"

"我是莫尔斯。"

"啊,探长。我能见您一分钟吗?这个,呃,比较重要。您能马上过来吗?"

"我现在就过去。"

刘易斯和莫妮卡都清楚地听到了这番对话,莫尔斯没有解释,就离开了。

走进莫妮卡的办公室之后,他就迅速行动起来。首先是挂在壁橱里笨重的羊皮夹克。两个口袋里都没有什么——至少没有什么有意义的东西。然后是手提包。如果有什么,肯定就在这里。化妆品,支票本,日记本,比百美牌钢笔,梳子,小瓶香水,两只耳环,即将上演的《弥赛亚》节目单,登喜路牌香烟,火柴——还有一只钱包。他的双手微微颤抖,他打开了他的猎物,用手指在零钱、钥匙和邮票中间搜寻——就在那里。上帝啊。他猜对了!他的呼吸紧张而粗重,然后合上手提包,仔细放回原先的位置,离开房间,轻轻关上了门,独自站在走廊里。他明白了其中的含义——极为重要的含义——就在他刚刚发现的东西里。当然,他一直相当肯定,只要有一点运气,他就会发现什么。然而他现在找到了,他知道有地方不对劲,显得不真实,而且他以前没有想到。不过,有一种办法很快就能查清楚。

他离开只有两三分钟,刘易斯看到他这么快就回来,感到如释重负。他坐在桌子的一角,望着她。以前有几次(不是很频繁,他承认)他好像失去了对所有女性的兴趣,现在就是这样的时刻。她现在对他而言就像是一座冰冷的大理石雕像。所有男人都是这样——至少莫尔斯听说是这样。"暂时厌女",他们这样说。他深呼吸了一下。"您为什么要在上星期五下午的事情上对我撒谎?"

莫妮卡的脸颊突然红了起来,不过她好像并不是特别惊讶。"是萨莉说的,对吗?我当然知道你们的人干了什么。"

"是吗?"

"我不知道。我觉得听起来不会那样——那样肮脏,如果说我们去了我家。"

"没有哪样肮脏?"

"您知道——开车到处转,停在路边停车带,希望没有别人会停在那里。"

"这就是你们做的?"

"是的。"

"马丁会支持你的说法吗?"

"是的。如果您向他解释为什么——"

"你是说你还没有这样做?"莫尔斯的语气变得越来越尖刻,莫妮卡的脸又红了起来。

"您不觉得应该问他吗?"

"不,不要!你把他玩弄于股掌之间,女人!谁都能明白。我对你的那些谎言不感兴趣。我需要真相!我们正在调查谋杀案——不是该死的违章停车!"

"听着,探长。我能做的不过就是告诉您——"

"你当然可以!你能告诉我真相。"

"您好像非常肯定——"

"是的,我非常肯定,女人!你到底以为那是什么?"他愤怒地用右手拍了桌面,然后拿出撕掉一半的电影票。最上面是字母IO,数字2几乎紧跟在后面；下面写着"后厅"，右侧边缘从上到下写着数字 93556。

莫妮卡低头看着电影票，好像被催眠了。

"怎么样？"

"我想是您和巴特利特博士在电话里安排了一个小把戏吧？"

"我以前做过更过分的事。"莫尔斯说。突然，不知为什么，他感到一阵对她的同情和暖意，他看着她的眼睛，语调柔和了起来："事情都会查清楚的——您知道。请告诉我真相。"

莫尼卡深深地叹了一口气。"您能帮我拿一支烟吗，探长？我觉得您知道，我的烟在手提包里。"

是的（她说）莫尔斯是对的。萨莉那天下午放学，没有机会去她家，无论如何，她也没有那样热衷。整个事情都是她的错，当然也是唐纳德的错；但是最近她越来越急于结束这场徒劳而危险的婚外恋。是唐纳德建议他们去电影院的，她最后同意了。被人看到一起进去是个不必要的冒险，因此他们安排他在一点二十分的时候进去，她几分钟之后到。他们两个人分别买票，他会坐在二号录像室后厅的后排等她进来。他们就是这样做的。事情都按照计划行事，他们在三点半左右离开电影院。他们各自开了车，她的车停在克拉纳姆联排屋，就在电影院旁边。然后她一个人直接回家，据她所知唐纳德也回家了。当听说警方想知道他们星期五下午行踪的时候，两个人当然都很担心，所以他们愚蠢地——好吧，莫尔斯知道他们做了什么。当然并非完全偏离真相，不是吗？不过，没错，他们在星期五下午的事情上撒了谎。他们当然撒了谎。

"您介意我们让您的男朋友进来吗？"莫尔斯问。

"我觉得您最好让他进来。"尽管受到了讥讽，她现在显得更加高兴一些——肯定比莫尔斯高兴。

＊　＊　＊

马丁开始乏味地重复之前捏造的版本，不过莫妮卡制止了他。"告诉他们真相，唐纳德。我刚才都说了。他们知道星期五下午我们两人到底在哪里。"

"哦。哦，我明白了。"

马丁结结巴巴地讲出同一个小故事的时候，莫尔斯的情绪更加低落。没有任何差异。就像莫妮卡说的，随后他也直接回家了。就是这样。

"还有一个问题。"莫尔斯从桌子旁边站了起来，靠着最近的文件柜。这是关键问题——那个关键问题，他希望看到他们的第一反应。"我再问你们两人一次——星期五下午，你们有没有看到昆恩先生？请在回答之前仔仔细细地想好。"

不过他们好像都不想过分仔细地考虑。他们面无表情地摇了摇头，显得真诚而诚恳，说他们没有见到。

莫尔斯又做了个深呼吸。他也可以告诉他们，他觉得——就是说，如果他们还不知道。"你们会不会惊讶，如果我告诉你们……"（莫尔斯停顿了一下——他希望带来戏剧效果）"上个星期五下午，还有一位你们的同事也在二号录像室？"

马丁的脸色变得死一般苍白，莫妮卡张开嘴，就像哮喘病人正在奋力呼吸。莫尔斯（就像他后来意识到的）如果让自己的小演说全面生效，会更加明智。不过他没有那样做。"你们似乎很惊讶。你们看，我们清楚地知道星期五下午昆恩先生到底在哪里。他就坐在你们两人旁边，就在二号录像室的后厅！"

马丁和莫妮卡·海特盯着他，目瞪口呆。

　　＊　＊　＊

他们离开之后,莫尔斯转向刘易斯。"可以让他们想一想。"

不过刘易斯感到很不愉快,而且他说了出来。"我希望您能原谅我,长官,但是——"

"快点,刘易斯!快说!"

"好吧,我觉得您处理得不是很好。"他坐回到椅子上,等待对方爆发。

"我也觉得不好。"莫尔斯平静地说,"继续说。"

"您知道,长官,我觉得您说还有一个人在电影院里的时候——好吧,他们完全没有显得惊讶。这几乎就像是——"

"我知道你的意思。几乎就像是他们期待我说出是什么人,不是吗?"

刘易斯使劲点了点头。"不过您说是昆恩的时候,他们确实相当吃惊。"

"是——的。你说得对。那么只剩下一个人有这种可能了,不是吗?巴特利特当天下午在班布里。"

"我们还没有核实这一点。"

"我觉得找到一些校长支持他的不在场证明不会太困难。不。我觉得当天下午巴特利特在哪里不是太大的疑问。"

"那么只剩下奥格尔比了,长官。"

莫尔斯点了点头。

"要我去把他带过来吗,长官?"

"你怎么想?"他又失去了通常的信心,刘易斯站了起来,走到门口,"不,刘易斯。请你再等一会儿。我想更仔细地想一遍。"

刘易斯耸了耸肩,有些不耐烦,然后坐了下来。莫尔斯好像变了个人——不管是哪个方面;不过刘易斯根据过往的经验,过不了多久就会有事情发生。只要莫尔斯在，总会有事情发生。

就在刘易斯公正地回顾自己刚刚提出的极为有效的论点的时候，莫尔斯意识到自己的逻辑分析能力存在更大的失误。小丑和小丑！马丁和莫妮卡·海特！当初他们为什么要编出那种卑鄙的谎话？充满风险（萨莉经常在家），甚至能力一般的侦探都能很快查出事情的真相。那么为什么？答案突然不言自明，清晰易懂：说出实情的风险更大。如果他们一起去了电影院，为什么不如实说呢？这种行为受到的谴责好像比他们准备承认的那种卑鄙的私通少得多。同事确实会一起看电影。这会引起一点非议——当然会——如果有人看到他们。但是……影像的轮廓再次重组，正在围绕一个人组合。阿诺德·菲利普·奥格尔比。

"你说得对，刘易斯。马上去把他带过来。"


离开昆恩的办公室之后，唐纳德和莫妮卡在磨光的走廊里站了几秒，一言不发。"过来一下。"莫妮卡低声说。她关上了自己办公室的房门，然后狠狠瞪着他。她的声音清晰而平静，带着威严的力量。"那件事我们什么都不要说。明白吗？只字不提！"

# 16

奥格尔比看上去一脸疲惫,莫尔斯打算直奔主题。他知道自己是在冒险,但是他以前冒过更大的险——而且赢了。

"您说,先生,上个星期五下午,您吃完午饭就回了办公室?"

"我们已经说过这个了。"

莫尔斯没有理他,接着说道:"但是您对我说了谎。上个星期五下午,有人在办公室外面看到了您。准确地说,有人看到您去了沃尔顿街上的二号录像室。"

奥格尔比平静地坐在椅子上。他好像并不吃惊。其实,如果有人吃了一惊,那个人就是莫尔斯,他正在等待几乎所有可能的答案,除了他听到的这个。"谁看到我了?"

"您不否认?"

"我问您,谁看到我了?"

"恐怕我不能告诉您,先生。我肯定您知道为什么。"

奥格尔冷漠地点了点头。"随您的便。"

"我们也有证据，先生，证明昆恩先生那天下午就在二号录像室。"

"真的？也有人看到他了？"

莫尔斯越来越感到这个人很难缠。这就是撒谎的一个麻烦——他自己撒的谎；不过他用忽视问题的办法解决了问题。"您什么时候去的电影院，先生？"

"您不知道？"（又是这样！）

"我希望您亲口告诉我。"

有几秒钟，奥格尔比好像在权衡坦白的利弊。"听着，探长。我觉得我在某种程度上跟您了个小谎。"（刘易斯正在尽快写下来。）"我们下班的时间，正式时间，是五点。我会尽量诚实地记录自己的时间，我觉得您可以问这里的任何人，他们都可以证实这一点。我从来不迟到，而且其他人走了之后我还经常加班。星期五那天，我承认，我离开得早了一些。我觉得大概是四点三刻左右。"

"然后您去了二号录像室。"

"我住在沃尔顿街，您知道。离得不远。"

"您去了那里？"

奥格尔比摇了摇头。"没有。"

"您能告诉我为什么去吗？"

"我没有去。"

"您去过吗？"

"去过。"

"为什么？"

"我是个好色的老男人。"

莫尔斯改变了进攻路线。"鲁普先生到办公楼的时候，您还在吗？"

"是的。我听到他跟勤杂工说话。"

这个回答又是莫尔斯没有想到的，他感到越来越困惑。"但是您不在办公室里。您的车——"

"星期五我没有开车来。"

"您没有看见昆恩——在电影院里，我是说？"

"我没去电影院。"

"您有没有在那见到海特小姐和马丁先生？"

他的语气显得非常吃惊。"他们在那里？"莫尔斯可以肯定奥格尔比根本不知道这件事，而出于某种盲目而反常的原因，他感到自己非常愿意相信这个人。"您喜欢那部电影吗，先生？"

"我没有看过。"

"不过您喜欢色情电影？"

"我有时候会想，如果我是电影制片人，我会拍一些真正色情的电影，探长。我觉得我有那种想象力。"

"您没有保存电影票吧？"

"我没有电影票。"

"您会找找吗，先生？"

"没什么意义，不是吗？"

哟！


莫尔斯认定自己现在可以直接摊牌。评审会这种地方没有多少事能够长期保密，他知道公开表明的话自己不会有什么损失——其实还有可能有收获。

奥格尔比离开之后，莫尔斯请巴特利特到昆恩的办公室，把下午了解的事情告诉了他：告诉他那天他去了班布里之后，办公室里空无一人；告诉他英格·尼尔森小姐的胸部魅力无穷；告诉他自己很难了解星期五下午所有人的行踪；还要告诉他自己知道或者怀疑的大多数事情都是事实。其实他没有透露什么，因为不管怎样，大部分事情很快就会真相大白。最后，他告诉巴特利特，如果他能更准确地说明自己的行踪，他将会感激不尽；而且从各方面来看，巴特利特的情况并不糟糕。他可以（他说过）非常轻易地说明自己的去处；当时他给班布里理工学院的院长打了电话，让他直接跟莫尔斯说话。是的，巴特利特在和几位校长开会；两点五十五分抵达；会议于四点二十分或者二十五分左右结束。好像就是这样。

巴特利特问，他能不能就自己知道的事情谈一下看法，他对他同事的评价显然要比莫尔斯想象的敏锐得多。"海特小姐和马丁之间的事情，我并没有感到非常吃惊，探长。她是个非常迷人的姑娘；我也觉得她很迷人，而我已经一把年纪了；马丁的婚姻生活并不幸福，我是这样认为的。当然，时不时就有各种流言；但是我什么也没说过。我希望他们之间只是那种短暂的迷恋——我们年轻时都有过，我觉得最好是让这种关系自生自灭。但是——但是，我必须承认，您对我说的奥格尔比的事情让我非常吃惊。根本不像真的。我认识他很多年了，他——好吧，他不像那种人。"

"我们都有自己的小弱点，先生。"

"不是，您误会了。我不是指他有没有去看色情电影的事情。我经常……好吧，不要介意那件事。不是。是关于他说自己在这里。您明白，他不是那种会撒谎的人，但是您说他坚称鲁普来的时候他在这里。"

"他就是那样说的。"

"而鲁普也说他不在自己的办公室,而且也不在附近?"

"勤杂工可以证实他的话。"

"他可能在楼上。"

"我觉得不是。奥格尔比先生说他听到鲁普进来的。"

巴特利特慢慢地摇着头,皱起了眉头。"姑娘们怎么说?"

"什么姑娘?"

"收拾发文篮的姑娘。"

莫尔斯暗地里埋怨自己。"发文篮几点钟收拾?"

"每天下午四点。邮局的货车一般四点一刻到这里,我们会在那之前把一切准备妥当。"

我肯定你们会的,莫尔斯心想。

巴特利特拨通了登记处的电话,很快就进来了一位金发姑娘,莫尔斯问她问题的时候,她尽量保持着镇定。星期五下午,她的确收拾了发文篮,是的,四点钟。但是没有人在。奥格尔比、海特小姐、马丁和昆恩都不在。是的,她非常确定。她还跟其他姑娘说过,这好像很奇怪。

她离开的时候,巴特利特厌恶地望着她的背影。他不知道自己不在的时候这些"其他姑娘"到底都做了多少工作。

莫尔斯和巴特利特缓缓走过走廊,他发现自己对办公室里错综复杂的关系知之甚少。"我想什么时候跟您长谈一次,先生——关于办公室,我是说。这里有这么多事情——"

"不如我们一起吃个饭。您会发现我妻子的厨艺相当不错。怎么样?"

"非常感谢您,先生。您建议什么时候呢?"

"好吧。其实随时都可以。今晚,如果您方便的话。"

"您夫人——"

"哦,不用担心。我来跟她说。"他走进了办公室里,几分钟后就回来了。"您喜欢牛排吗,探长?"

刘易斯和莫尔斯朝轿车走过去的时候,两人都陷入了沉思。案件里有太多的线索,完全可以解开一道巨型填词游戏,但是不知为什么,这些线索放不进同一个图表里。

"不错的伙计,巴特利特。"刘易斯说道,他们正沿着伍德斯托克路驶向环线边缘。

莫尔斯没有回答。可能有点好过头了,他觉得。确实太好了。就像侦探小说里的某个嫌疑犯,最后很可能发现他就是坏蛋。有可能吗?这个坚强、敏锐、干练的小秘书会不会用某种方法策划了尼古拉斯·昆恩的谋杀案?刘易斯加快速度,驶下基德灵顿长长的山路。莫尔斯开始明白,必定存在某种方法。那个人必须绝顶聪明,但是就莫尔斯所知……牛津到处都是聪明人,不是吗?莫尔斯突然想到,他很有可能低估了那些目前为止所有他问过话的人。可能此时此刻,他们都坐在那里,偷偷地嘲笑他。

# 17

　　莫尔斯独自坐在办公室里。现在离去巴特利特家还有两个半小时以上,他很喜欢单独思考的机会。

　　昆恩买的食物和在他厨房发现的物品清单远比莫尔斯预想的有意思。比如说,两块牛排和一袋蘑菇。一个人吃有点奢侈? 可能是两个人吃的? 一对情侣? 莫尔斯又想到了站在通往一号站台的餐厅门口的那个姑娘,然后她变成了莫妮卡·海特的形象。这样可行吗? 莫妮卡已经承认自己去过电影院——虽然是和马丁。难道他忘了马丁? 没种的家伙。他这么迷恋莫妮卡,肯定什么都会说——如果她告诉他,或者贿赂他。继续想,莫尔斯! 那么,莫妮卡和昆恩。后厅的后排座位;笨拙地解开衣襟,疯狂地爱抚,期待更为甜蜜的亲昵——然后。然后,是的。但是在哪里? 不会在她家,有萨莉在就不可能。为什么不在他家? 他可以买点吃的东西(牛排? 蘑菇?),然后她会给他做饭。她肯定很乐意。"别忘了啊,尼克,这次我会带点喝的来。雪利酒，是吗？干雪利酒？我也喜欢。我还会带一瓶苏格兰威士忌来。每次都对我有效果……"可能。不过这只是个开头。

莫尔斯又看了看这两张清单，注意到了先前错过的一个细节。昆恩的冰箱里已经有两盒半磅的黄油，但是出于某种原因，他又买了一盒。而且是不同牌子。非常奇怪。就像另外一些细节一样。他拿出一张纸，开始写下来：

昆恩咖啡桌摆放的位置表明他可能一直坐在通风处。（稳住，歇洛克！）

厨房和客厅都没有发现用过的火柴；昆恩的口袋里也没有火柴。（记住：E夫人已经打扫过房子了；她回来只是熨衣服，并没有再次清理字纸篓儿。）

又买了黄油，虽然存货有很多。（忘记了？）

昆恩留了纸条给E夫人：含混不清，几乎可以适合任何场合？（并非那样含混不清。）

莫尔斯靠在椅背上，看着自己写下的东西。每一点分别看好像都很单薄；但是放在一起——放在一起说明什么呢？比如说星期五晚上昆恩下班之后根本就没回家？生火、买杂货、然后留言给埃文斯太太的另有其人？接着想，莫尔斯！接着想，伙计！有可能。另外一种开头。那位神秘人物可能是莫妮卡吗？（他动不动就想到她。）但是她总得回家陪萨莉。（刘易斯的工作——打钩。）马丁？他也总得回家陪老婆吧。什么时候？（刘易斯的工作——检查。）不管怎样，他们俩都不怎么精通氰化物，不是吗？下毒是高度专业的工作。（不过是女人的武器。）现在，鲁普是化学家，而奥格尔比足够精通……鲁普还是奥格尔比——更有可能是他们两人之中的一位。不过鲁普四点一刻才回到牛津。（或者他是这样说的。）而奥格尔比回家比较早。（或者他是这样说的。）唔……那巴特利特呢？基德灵顿在班布里的干道上，干道离派恩伍德巷又不到三十码。如果他下午四点二十五分离开班布里，而且车速确实很快，比如说时速七十英里，那么四点五十分左右肯定能赶到基德灵顿？他们中任何一个人其实都有机会。因为如果昆恩发现这四个人中的任何一个……

莫尔斯知道自己没有多少头绪。他无法解释的是方式。但是有件事情在他的脑海里变得越来越清晰而肯定：那个星期五晚上，不管是谁来到派恩伍德巷，这个人肯定不是尼古拉斯·昆恩。暂且别想这个问题，莫尔斯。想想其他事情。总是有最好的方法，而且有一件事他需要马上确认。

他见了笔迹专家彼得斯，把写给埃文斯夫人的便条给他看，又把从派恩伍德巷取来的有昆恩字迹的一张单子递给他。

"你觉得呢？"

彼得斯犹豫了一下。"我需要研究——"

"为什么不是现在？"

没有什么事情曾经让彼得斯慌张或心烦意乱，他以前是内政部的病理学家，年轻的时候名气很大，而且挣了不少钱，虽然他没有遵守成功的两条基本原则——思维迅捷、行动果断。彼得斯的思维速度就像一只患了关节炎的乌龟，行动的速度就像一只被催眠的树獭。而且莫尔斯很了解他，知道自己只能安静地坐在旁边等待。如果彼得斯说是，那么就是。如果彼得斯说昆恩肯定写了那张便条，昆恩就肯定写了那张便条。如果他说自己不确定，那他就是不确定——而且世界上没有别人能确定。

"你需要多久，彼得斯？"

"十到十二分钟。"

莫尔斯这下知道自己十一分钟左右之后就能得到答案，他静静地坐在旁边等待。几分钟之后，电话响了。

"莫尔斯。我能帮您什么？"

是总台打来的。"有一位格林纳威夫人，长官。从约翰·拉德克利夫医院打过来的。她说想跟负责昆恩谋杀案的人谈谈。"

"就是我。"莫尔斯说道，并没有多少热情。格林纳威夫人，呃？昆恩楼上的女人。好吧，好吧。

她在《牛津邮报》上看到了报道（她这样说），觉得自己应该给警察打个电话。她的丈夫可能不会很高兴，但是——（快说，姑娘，快说！）好吧，她到十二月才会生产，但是她知道——星期五大概四点左右。一阵宫缩——（快说，姑娘！）好吧，她给弗兰克（"我的丈夫，探长"）工作的工厂打电话，让人给他捎个信。但是肯定出了什么问题。她坐在窗边，望着等着，但是没有人来；四点三刻的时候，她又给工厂打了电话。她并不是真的担心，只是她能心情好点，如果弗兰克……不管怎样，她可以自己给医院打电话。他们会直接派一辆救护车来；她不是绝对确信。可能只是——（快说！）不管怎样，她看到昆恩进来了，开着车，刚过五点。

"您看到他了？"

"是的，大约五点五分左右，肯定是。他开车进来，然后把车停在车库里。"

"有人跟他在一起吗？"

"没有。"

"继续说，格林纳威夫人。"

"好吧,其他就没什么了,真的。"

"他后来又出去了吗?"

"我没有看到他。"

"您有可能看到吗?"

"哦,是的。就像我刚刚说的,我一直都看着窗外。"

"我们觉得他去了商店,格林纳威夫人。但是您说——"

"好吧,他可以从后面出去,我觉得。你可以跨过篱笆,走到路上,但是——"

"但是您觉得他没有?"

"好吧,我没有听见,而且他不会从后面走。那里总是很泥泞。"

"我明白。"

"好吧,我希望——"

"格林纳威夫人,您绝对确信您看到了昆恩先生吗?"

"哦,可能我没有真的……可是我听到他在打电话。"

"您什么?"

"是的。我们共用一条电话线,就在他刚刚进门之后。我真的越来越担心,觉得要不要再给厂里打个电话;但是我打不了,因为昆恩先生正在用电话。"

"您听到他在说什么吗?"

"没有,抱歉,我没有。我没有那么爱管闲事。"(当然不是!)"您明白我只是想让他快点挂电话,就这样。"

"他打了很久吗?"

"比较久。我两三次拿起电话,他们还在——"

"你记不记得什么名字,任何名字,昆恩先生讲的?教名?姓?任何能够帮助我们的东西?"

乔伊丝·格林纳威沉默了片刻。有非常朦胧的记忆，但是很快就从她的头脑里溜走了。"我——不，我记不得。"

"不是女人，对吗？"

"哦，不。肯定是个男人。听起来是个文化人——好吧，您明白我的意思。不是那种平常的声音。"

"他们在争吵吗？"

"不。我不这样想。但是我没有仔细听。我真的没有。我只是开始不耐烦了，就是这样。"

"您为什么不直接下楼，告诉昆恩先生您的情况呢？"

乔伊丝·格林纳威迟疑了片刻，莫尔斯想知道为什么。"好吧，我们没有，您知道，我们没有那样熟。"

"听着，格林纳威夫人。请您仔细想想。这件事至关重要——您明白吗？如果您能记起来——哪怕是非常细微的事情。"

但是她什么都记不起来了，虽然那个名字的轮廓还隐隐地浮现在脑际。要是——

莫尔斯给说了几个名字。"奥格尔比？奥格尔比先生？您能想起来吗？"

"不——能。"

"鲁普？鲁普先生？巴特利特？巴特利特博士？马——"

乔伊丝感到头皮刺痛。她一直就在找"巴特利特"这样的发音。可能吗？她现在没有在听莫尔斯说话。"我不能确定，探长，不过可能是巴特利特。"

嘿！多么像故事里的情节！莫尔斯说会派人去见她，但是可能要等到明天；乔伊丝·格林纳威怀着释然和恐惧的复杂感情，缓缓地走回产房。

彼得斯坐着一动不动已经有两到三分钟了，他听到莫尔斯在打电话，但是没有评论。"怎么样？"莫尔斯说。

"是昆恩写的。"

莫尔斯张了张嘴，然后又闭上了。任何质疑都是徒劳。彼得斯说是，那就是。

为什么不顺从证据，莫尔斯，然后把你那虚无缥缈的幻想扔到一边？昆恩五点左右回到家里；他写了张便条给埃文斯夫人，然后给某个人打了电话——那个人谈吐文雅，可能名叫巴特利特。

# 18

巴特利特夫人有些让人意外。她比丈夫高三四英寸,而且对他发号施令的样子就像他是个淘气而可爱的男孩。这也让人意外。没有人告诉过莫尔斯,巴特利特还有个儿子,那位叫理查德的年轻人衣衫不整,面带愠色,留着胡子,好像并不急于给人留下好印象。但是四个人坐下、有些尴尬地喝着雪利酒的时候,不难发现年轻的理查德原来性格活泼,平易近人。随着生疏感渐渐消融,他变得轻松幽默,不再害羞;他和莫尔斯讨论索尔蒂[1]和富特文格勒[2]的《尼伯龙根的指环》[3]唱片各自优点的时候,巴特利特夫人悄悄走开,用叉子试了试芽甘蓝,然后让丈夫去开葡萄酒。光线昏暗的饭厅里,餐桌上整齐地摆放着四份餐具,银质餐具在白色的桌布上闪闪发光。蔬菜也差不多准备

---

[1] 乔治·索尔蒂(Georg Solti, 1912—1997),英国指挥家。
[2] 威廉·富特文格勒(Wilhelm Furtwängler, 1886—1954),德国指挥家。
[3] 《尼伯龙根的指环》(*Der Ring des Nibelungen*),瓦格纳创作的一套系列歌剧,主要故事情节来源于北欧的神话故事。

妥当了。

巴特利特亲自为莫尔斯把酒杯斟满。"雪利酒还不错吧?"

"没错。"莫尔斯说,他注意到标牌和在昆恩房间里发现的雪利酒不一样。

"你要再来点吗,理查德?"

"不用。"听起来非常生硬,好像巴特利特家族潜藏着某种不为人知的敌意。

汤也做好了。莫尔斯喝完最后一口雪利酒,起身走到宽敞房间的另一边,摩挲着两只手。

"来一点吧,理查德。"他母亲和气地说道,但是莫尔斯能感到潜藏的紧张气氛。

"不要管我。我不饿。"

"但是你必须,理查德。我已经……"

年轻人站了起来,眼睛里顿时闪过一丝奇怪的神情。"我已经告诉你了,妈妈,我不饿。"

"但是我已经给你盛好了,就喝一口……"

"我不想吃什么该死的饭。你想让我告诉你多少次,你这个蠢女人?"这句话凶狠而刺耳,语气中毫不掩饰愤怒之情。他大步走出房间,几乎同时,前门重重地关上了,砰的一声,全部结束。

"我非常抱歉,探长。"

"不用为我担心,巴特利特夫人。现在有些年轻人,您知道——"

"不是那样,探长。您知道……您知道,理查德有精神分裂症。他可以非常讨人喜欢,然后——好吧,他变成您看到的那样。"她几乎要哭出来,莫尔斯尽量说了该说的话;但是这段插曲不可避免地把整个夜晚都笼罩在阴影之下,有一阵子,他们吃着饭,没有人说话,气氛相当尴尬。

"能治好吗?"

巴特利特夫人苦笑了一下。"问得好,探长。我们花了好几千镑,对吗,汤姆?他现在正在利托摩尔自愿接受治疗。他有时候周末回来,只是偶尔,就像今晚,他会突然回来,坐一会儿,吃点东西。"她声音颤抖,丈夫怜惜地拍着她的肩膀。

"别担心,亲爱的。我们请探长来不是谈我们的问题。我相信,他自己的事情够多了。"

等巴特利特夫人去洗咖啡壶的时候,两个人才有机会说话,莫尔斯先前认为这位秘书对自己办公室里的一切了如指掌,而这种印象逐渐得到了证实:如果有人知道是谁在故意滥用评审会的职权,莫尔斯觉得那个人肯定是巴特利特。但是巴特利特好像并没意识到这一点。莫尔斯利用自己知道的全部细节,尽力琢磨清楚种种可疑之处;但是秘书对自己的员工绝对忠诚,而且莫尔斯知道他现在如履薄冰,现在发问正是时候。

"昆恩先生给您打电话的时候说了什么?"

站在窗边的巴特利特眨了眨眼睛,然后又低头看着手里的咖啡,很久没有出声。莫尔斯非常清楚,如果巴特利特否认昆恩跟他说过话,那么一切到此结束,因为在这个问题上并没有铁证。不过,巴特利特犹豫得越久(巴特利特肯定意识到了?),情况就越明显。

"那么您知道他给我打了电话?"

"是的,先生。"他可以冒一点险。

"您能告诉我您是怎么知道的吗?"

这次轮到莫尔斯犹豫了,不过他决定尽量实话实说。"昆恩的电话是共用的。有人听到了。"

莫尔斯看到了镜片后面善意的眼神中突然闪过的警觉吗？如果他看到了，那么这种神情消失得和出现得一样快。

"您想知道我们谈了什么吗？"

"我觉得您早该告诉我，先生。这样可以省去很多麻烦。"

"是吗？"巴特利特看着探长的眼睛，莫尔斯怀疑自己离谜团的真相还很远很远。

"真相迟早会水落石出，先生。我非常相信，您把一切都告诉我是明智的做法。"

"不过，您不是已经知道了吗？您说有人在偷听？这种心态真卑鄙，不是吗？偷听别人说话——"

"可能是的，先生；不过，您知道，这个，呃，这个人完全不是偷听——只是急着打一个非常重要的电话，仅此而已。绝对没有故意……"

"这么说，您不知道我们在说什么？"

莫尔斯深吸了口气。"不知道，先生。"

"好吧，我，呃，我不打算告诉您。这是非常私人的事情，昆恩和我之间……"

"可能就是这件私人的事情导致了他遇害，先生。"

"是的，我明白。"

"不过您不打算告诉我？"

"是的。"

莫尔斯慢慢喝完咖啡。"我觉得您不知道这件事情有多么重要，先生。您明白，除非我们能查清楚，那个星期五晚上，昆恩在哪里，正在做什么……"

巴特利特目光锐利地看着他。"您之前从来没提过星期五。"

"您是说……"

"我是说昆恩上星期某天晚上确实给我打过电话,没错。但不是星期五。"

狡猾的小浑蛋!莫尔斯已经把猫从包里放了出来——关于他并不知道他们谈了什么——现在这只猫已经翻过了篱笆。巴特利特当然没错。他之前确实没有提过星期五,但是……

巴特利特夫人拿着咖啡壶走了过来,把杯子倒满。她好像完全没有意识到自己在关键时刻打断了谈话,她坐了下来,若无其事地问莫尔斯,那位可怜至极的昆恩先生的极为悲惨的案子的调查情况。

莫尔斯现在愿意冒任何风险。"我们刚刚在说电话,巴特利特夫人。时代的祸根,不是吗?我觉得您要接的电话肯定和我一样多。"

"您说得太对了,探长。上星期我还在说——是什么时候,汤姆?你记得吗?哦,是的。是你去班布里的那天。整个下午电话都在响,汤姆回来的时候我跟他说过,我们得弄个不登记在电话号码簿上的号码——您知道吗——就在我说着这话的时候,那个该死的东西又响了!然后你又得出门了,你记得吗,汤姆?"

秘书点点头,遗憾地笑了笑。有时候生活就是这样不公平。确实非常不公平。


当天晚上八点一刻之后,一个人正在取下打磨精致的青铜煤桶盖子,这时,他听到一阵敲门声,于是慢慢站起来,打开了门。

"好啊,好啊!进来。我马上就好。请坐。"他又跪到火堆旁边,用火钳取出一块烧得通红的煤块。

他的头脑里出现了一种声音,好像是一个脆嫩的大苹果被咬了一大口。他的上下颌好像咬在了一起,就在那奇特而恐怖的一秒钟内,他通过闪着空旷回声的头脑,疯狂地试图找回某些自己的记忆。他的右手仍然握着火钳,整个身体还要把煤块送到燃烧的火苗里。出于某种无法解释的原因,他想起了维苏威火山的岩浆,像喷出吞噬一切的洪水般朝着庞贝古城的街道涌去;虽然他的左手出于本能,开始缓缓地触碰撞碎的头骨,他知道生命已经结束。灯光突然熄灭了,好像有人开启了黑暗。他死了。

# 19

十点四十五分,巴特利特夫人起身去接电话,莫尔斯觉得这是个好机会,他可以借此尽早和主人道别。

"可能是理查德。"巴特利特说,"他经常会事后觉得对不起,然后试着道歉。我不会觉得奇怪,如果——"

巴特利特夫人回到房里。"是找您的,探长。"

刘易斯尽量迅速而清晰地告诉他发生了什么。大概九点多,有人给牛津市警察局打了电话——贝尔高级探长负责。后来他们才意识到可能一切都有联系,然后他们试着联系莫尔斯,最后联系上了刘易斯。死者的后脑勺被火钳狠狠地打中,当场毙命。没有指纹之类的线索。抽屉被人搜遍,但是好像没有任何规律。可能有人干扰了凶手。

"我尽快到那里跟你见面,刘易斯。"

莫尔斯回到房间的时候,脸色因惊恐而显得苍白,他告诉巴特利特夫妇这桩惨剧的时候,尽量保持声音平静。"是奥格尔比。他遇害了。"

巴特利特夫人双手掩面,哭了起来,秘书把莫尔斯送到前门的时候,说话有些语无伦次。他好像突然苍老了很多,神情虚弱,眼神茫然。"您问起昆恩……他给我打……他给我电话……您刚才问起过……我说……"

莫尔斯把手轻轻放在这个瘦弱男人的肩膀上。"没错。您可以告诉我。"

"他说……他说他发现了某些我应该知道的事……他说……办公室里有人故意泄露考题。"

"他有没有说是谁?"莫尔斯问道。

"哦,是的,探长。他说是我。"


莫尔斯赶到沃尔顿街上那幢小套联排房屋的时候,刘易斯正在跟贝尔低声交谈。景象非常可怕,莫尔斯扭过头,闭上眼睛,一阵恶心。"听着,刘易斯。我要你马上去弄清楚几件事。打电话,如果你愿意,也可以亲自去看看——但是我要知道鲁普今晚到底在哪里,马丁在哪里,海特小姐在哪里,还有——"

贝尔打断了他。"我刚刚在跟警探说。我们知道海特小姐当时在哪里。她就在这里。就是她发现了尸体。"

事情并不是莫尔斯料想的,贝尔的话好像打乱了他计划好的程序。"现在她在哪里?"

"恐怕她的情况很糟糕。好像她打通九九九电话之后就晕过去了。有人发现她倒在马路那头的公用电话亭旁边。医生已经看过她了,他们把她送到了拉德克利夫医院过夜。"

"她有个小女儿。"

贝尔把手放在莫尔斯的肩膀上。"放松,老伙计。我们都处理好了。给我们留点功劳。"

莫尔斯坐在扶手椅上,头脑一片混乱。他好像完全无法理解。他又闭上眼睛,深呼吸几下。"不管怎样,就按我跟你说的做,刘易斯。赶紧去找鲁普和马丁。还有别的事情。你最好抽空去趟利托摩尔医院,调查理查德·巴特利特的所有情况——明白了吗?理查德·巴特利特。他在那里自愿接受治疗。查清楚他今晚什么时候回到医院的——我是说,如果他回去了。"

莫尔斯强迫自己再看一眼地毯上浸染的脑浆和血渍,后面的火苗只剩下了灰烬里暗淡的光。"然后调查清楚今晚他们有没有人换过衣服。你觉得呢,贝尔?血肯定溅得到处都是,不是吗?"

贝尔耸了耸肩。"那姑娘的手上和袖子上都有血。"

"我最好见见她。"莫尔斯说。

"今晚不行,老伙计。医生说她谁也不能见。她重度休克。"

"为什么到这里来,她说了没有?"

"她说自己要和他谈些重要的事。"

"门没有锁上吗?"

"不,她说门上了锁。"

"那么她到底怎么进来的?"

"她有钥匙。"

这下莫尔斯明白了。"她现在有了!她肯定到处跟人说,不是吗?"

"什么?"贝尔问道。


星期六凌晨,莫尔斯终于找到了自己要找的东西,满腹狐疑地咕哝了几句。除了在外面站岗的两位牛津市警官之外，只有他和刘易斯两人还在现场。

"过来，刘易斯。看看这个。"这是在奥格尔比裤子后袋里发现的日记本。贝尔之前草草翻过一遍，但是没找到任何内容，然后又放了下来。这是一本蓝色的大学日记本，背面有个小勒口，可以存放票据之类的东西。莫尔斯打开勒口，几乎不敢相信自己的眼睛。里面有一张撕成两半的电影票，上面印着"IO 2"的字样，下面是"后厅"，右边从上到下写着数字"93592"。

"你怎么看？"

"说明他确实去过那里，长官。"

"四个人。想想看，五个人里有四个人去了。"

刘易斯拿起日记本，用惯常的认真一页页翻看。显然，奥格尔比一年都没用过日记本。但是看到日记本后面标有"备注"的一页，刘易斯的两颗眼珠就像要蹦出来一样。"长官！"他非常平静地说道，好像稍有动静就能把它吓跑。"看看这里。"

莫尔斯看着日记本，感到太阳穴一阵收紧，就像头脑里有电流穿过一样。日记本上画了一个小示意图，下笔准确而整齐：

```
IO 2        93350
后厅
```

"我的上帝！"莫尔斯说道，"这跟我们在昆恩身上发现的电影票上的数字一模一样。"

\* \* \*

半个小时之后,两个警察离开沃尔顿街上的房子,莫尔斯回忆起曾经担任过布拉格大学犯罪学教授的汉斯·格罗斯博士说过的话。他能背出来:"任何人类行为的发生都不是纯属偶然,总是和其他事情相联系。没有什么事情无法解释。"莫尔斯对此深信不疑。然而当他走出房子,来到这寂静的大街上的时候,他开始怀疑这句话的正确性。

沿着大街走了不到五六十码,他看见一号录像室和二号录像室所在的大楼。霓虹灯还在门厅上方的白板上面闪烁,红色和宝蓝色相间的字牌耀眼而明亮,静止的状态让人毛骨悚然:《色情女郎 X》(严格仅限成人)。她要告诉他什么吗?他和刘易斯走到电影院门口,站在那里望着外面的剧照。英格确实是个身材高挑、精神饱满的姑娘,不过某个不可理喻的白痴居然把一串五角星放在了她那无可挑剔的乳房上。

# 20

　　第二天早晨七点半，莫尔斯坐在办公室里，没有修面，筋疲力尽。他试着睡上几个小时，但是头脑根本无法停歇，最后只能放弃无谓的斗争。他知道，要是可以完全换个心情，就能更好地处理问题。虽然没有机会，至少他可以通过填词游戏清醒一下；他折起《泰晤士报》的最后一版，看了手表，在左侧的空白处写下时间，然后开始做。他花了十二分钟半。不是这个星期最好的成绩，不过也不坏。而且要不是那道题，他十分钟以内就能完成：胰岛位于哪里（8）——他盯着"–A–C–E–S"看了两分多钟，然后才想到答案。最后他想起电台的问答节目里曾经提到过：一位选手说是中国南海，另一个说是波罗的海，第三个人说是地中海；主持人告诉他们答案的时候，听众都大笑了起来！

　　早上的新闻好像源源不断。刘易斯见到了马丁的声音，他声称自己昨天晚上感到烦躁不安，七点半就出门了，回到家时是十点三刻左右。他开着自己的车，去了拉德克利夫广场附近的几家酒吧，回家之后被妻子赶到了狗窝里。鲁普自称整晚在家里工作。没有人来访——平常也没有什么人来。他在准备无机化学某个方面的系列讲座，刘易斯当时没有听懂，现在也记不得了。"我觉得，长官，他们两人都很有获胜的希望。问题在于我们好像没有嫌疑犯了。除非您觉得海特小姐……"

"有可能，我觉得。"

刘易斯不情愿地承认。"那也只有三个人。"

"你忘了奥格尔比？"

刘易斯瞪大眼睛看着他。"我不明白，长官。"

"他还在我的名单上面，刘易斯，而且我找不到任何画掉他的理由。你呢？"

刘易斯张开嘴，但是又闭上了。然后电话铃响了。

是考试评审会的主任从隆斯代尔学院打来的。巴特利特昨晚给他打了电话。整件事情太恐怖了！可怕。他只是想提一件自己想起来的小事。莫尔斯记得问起过评审会内部的关系吗？好吧，昆恩和奥格尔比遇害，他不知为什么想了起来。只是觉得有点古怪，他觉得。那天晚上，他们在谢里丹有个聚会，贾马拉的人都在。有些人留到很晚，其他人去睡觉了，他们还没有走。昆恩就是其中之一，奥格尔比也是；主任当时感到——当然，他可能完全错误——奥格尔比在等昆恩一起走；奥格尔比看他的样子非常古怪。昆恩离开之后，奥格尔比几乎立刻就跟了出去。只是一件非常小的事，其实说出来更像是小事。不过就是这样。主任现在终于说出来了，他希望自己没有浪费探长的时间。

莫尔斯谢了他，然后挂上电话。就像主任说的，这件事好像不能说明什么。

上午晚些时候,贝尔从牛津打来电话。法医报告显示,奥格尔比被人发现的时候,仅仅丧命了几分钟。火钳上只有奥格尔比的指纹,撒满纸的桌上也是;莫尔斯随时可以重新检查,当然,贝尔觉得好像没有什么东西能帮上大忙。打碎奥格尔比头颅的撞击非常凶狠,但是可能只需要很小的力气。可能是右力手所为,撞击中心在枕骨上方五厘米左右,离顶骨孔右侧两厘米左右。撞击的结果是——

"跳过去。"莫尔斯说。

"我知道你的意思。"

"海特小姐还在——"

"你到中午才能见她。医生这样说的。"

"还在拉德克利夫医院?"

"没错。你会是她见到的第二个人,我保证。"


妇女急症室的病床前面有一块幕布,一位年轻的护士把头探了进来。"又有人找您。"

莫尔斯低头望着莫妮卡的时候,她背靠枕头坐在床上,显得憔悴而紧张,宽松的病服模糊了她娇小身躯的轮廓。"把实情告诉我。"莫尔斯直说道。

她的声音很轻,但是很坚定:"真的没什么可说的。我八点半左右去见他。他就躺在——"

"您有钥匙?"

她点了点头。"是的。"她的眼神突然显得非常悲伤,莫尔斯没有接着问下去。菲利普·奥格尔比究竟有没有去看过《色情女郎》还不确定；但是显然色情女郎去看过他——而且隔三差五就去。

"他躺在那里——"

她点了点头。"我以为他肯定犯了心脏病之类。我并没有感到害怕什么的。我跪下来碰了碰他的肩膀——还有他的——他的头——几乎快伸到壁炉里了，然后我看到了血——"她摇着头，好像试图摆脱这恐怖的景象。"血——还有其他什么，我满手都是——我不知道该怎么办。我没办法留在这样可怕的房间里。我知道那里有部电话，但是——但是我跑到了街上，到电话亭里报了警。其他我都不记得了。我肯定是从电话亭里出来就——晕过去了。然后我只记得自己在救护车里。"

"您为什么去找他？"他必须问这个问题。

"我——我之前真的没有机会跟他谈谈——谈谈尼克和——"她又在撒谎！

"您觉得他知道昆恩谋杀案的什么情况？"

她悲伤而无力地笑了笑。"他是个非常聪明的人，探长。"

"您没看到其他人？"

她摇了摇头。

"有没有可能还有别人——也在屋里？"

"我不知道。我真的不知道。"

他应该相信她吗？她已经说了这么多谎。但是这些谎话背后肯定有某个理由。莫尔斯相信，只要自己能够找出理由，他就会取得案件迄今为止最大的进展……最让他担忧的是二号录像室的事。为什么，他不停地问自己，为什么莫妮卡和唐纳德·马丁要编出这样蹩脚的谎话？再次冥想苦思这个问题的时候，他开始相信他们四个人——莫妮卡、马丁、奥格尔比和昆恩——星期五下午肯定有某种共同的理由出现在二号录像室，因为他无法让自己相信他们是仅仅出于偶然才碰到一起的。即便是莫尔斯这样非常容易轻信大多数离奇巧合的人也无法完全相信！那天下午在二号录像室肯定发生了什么。什么？想到了什么，莫尔斯，任何事——没关系。昆恩早就到了，当时刚刚开门。然后马丁进来了，偷偷走到后厅等着，紧张地四处张望。他看到昆恩了吗？昆恩看到他了吗？灯光肯定很暗，但是也不会太暗，尤其是等眼睛慢慢适应昏暗的空间后。然后，怎么样？莫妮卡进来了，马丁看见了她，他们坐在一起，马丁告诉她自己看见昆恩了。他们会做什么？他们会离开。立刻！继续，莫尔斯。如果马丁看见了昆恩——而昆恩没看到他——他就会立刻离开影院，在外面等莫妮卡，告诉她他们不能待在那里，建议换个地方……没错。但是奥格尔比该怎么加进来？他的票上的号码在昆恩之后四十多个（如果女经理没有算错），说明奥格尔比四五点时才到二号录像室。但是这跟其他事有什么联系？啊！没有任何联系。再想想，莫尔斯。肯定有什么事把莫妮卡吓走了，可能是这样。没错。这个猜测更加可信一些。她看到了什么东西？什么人？这些谎话的理由？她知道昆恩也在二号录像室之后，就撒了另一个谎，然后……哦上帝啊！他的头脑一片混乱！图像在墙上不断闪烁，头像慢慢消失，变换，再次消失……

"您好像想了很久，探长。"

"嗯？哦，抱歉。刚才走神了。"

"关于我？"

"还有其他人。"

床边的桌上有一份《泰晤士报》，折在填词游戏那一页；但是表里只填了三四个词，莫尔斯发现自己又走神了。他怀疑莫妮卡是否知道胰岛在哪里……好吧，要是她不知道，护士马上就会——等一下！他稀疏的头发好像竖了起来，头皮像是突然被千根细刺扎到一样搔痒。哦没错！这是个美妙的想法，以前的问题涌进了他的头脑里。胰岛在哪个海里？乔治·华盛顿何时遇刺？谁是堪萨斯—内布拉斯加法案①？R．A．巴特勒②哪年成为首相？谁写了《鳟鱼四重奏》？黑太子③登基之后叫什么？这些问题都不是问题。乔治·华盛顿没有遇刺，堪萨斯·内布拉斯加法案不是人名，而是参议院的法案。其他问题都一样。这些都是无法回答的问题，因为这些都是伪问题。莫尔斯一直都在试图查清谁去过二号录像室，他们什么时候到了那里，为什么去那里。但是如果这些都是伪问题会怎么样？如果没有人去过二号录像室会怎么样？案件里的所有情况都会让他误认为他们都去过那里。他们中有人——可能是所有人——想让他这样想。他跌跌撞撞地走进了漆黑的电影院，像瞎子一样向前探路，试图看见（哦，愚蠢的傻瓜！）谁在那里。但是可能没有人在那里，莫尔斯。没有人！

"您看到谁进了二号录像室，海特小姐？"

"您为什么不叫我'莫妮卡'？"

护士把头伸过幕布，告诉莫尔斯他真的应该走了，他已经超过了允许探访的时间。他站起身，再次朝她看了一眼，在她的额头上轻轻吻了一下。

---

①堪萨斯-内布拉斯加法案（Kansas-Nebraska Bill），美国创建堪萨斯和内布拉斯加地区的法案，一八五四年在美国国会通过成为法律，允许两个地区内的居民决定是否保留奴隶制。英语中的"法案"与人名"比尔"同音。
②理查德·奥斯丁·巴特勒（Richard Austen Butler，1902—1982），英国保守党政治家，对英国教育制度的发展做出了重大贡献，曾经担任财政大臣、掌玺大臣、内政大臣和副首相等要职，但终身未能成为首相。
③黑太子爱德华（Edward the Black Prince，1330—1376），英王爱德华三世长子，生于牛津郡伍德斯托克，英法百年战争第一阶段中英军最著名的指挥官，在多次重要战役中战胜法军。"黑太子"的绰号来源于他的黑色盔甲。黑太子爱德华先于爱德华三世去世，其次子理查二世继承了祖父的王位。

"你没看到有人走进二号录像室,是吗,莫妮卡?"

有一秒钟,她的眼里闪过一丝犹豫,然后她诚恳地看着他。"是的,我没看到。你一定要相信我。"

她握住莫尔斯的手,亲切地放在自己的柔软的胸前。"再来看我,好吗?尽量来看我。"她的眼睛寻找他的眼神,他再次意识到,她对单身男人——他这样的男人——有多么大的吸引力。但是她的眼神里还有别的东西:猎物从猎人的眼皮底下溜走的神情,充满恐惧的神情。"我很害怕,探长。我非常害怕。"

莫尔斯若有所思地走过长长的过道,穿过垂下的塑料门,来到拉德克利夫医院旁边的进院车道上,他的蓝旗亚轿车正停在"救护车专用车位"上。他发动引擎,慢慢驶过通往沃尔大街的蜿蜒小巷,这时候他看到一个熟悉的身影朝着医院大步走去。他立刻停下车,摇下窗玻璃。

"很高兴见到您,马丁先生。其实我正要去找您。请上车。"

"对不起。现在不行。我要去看——"

"您不能去。"

"谁说的?"

"没有我的允许,谁也不能进去看她。"

"但是什么时候……"

"上车。"

"我一定要上吗?"

莫尔斯耸了耸肩。"其实不一定。您随便。至少,在我决定把您带进来之前,您可以随便。"

"这是什么意思?"

"就是这样,先生。在我决定把您带进来,控告您——"

"控告我?控告什么?"

"哦,我很快就能想出控告的理由,先生。"

他呆滞的双眼盯着莫尔斯,茫然不知所措。"您肯定在开玩笑。"

"当然,先生。"他侧过身体,打开蓝旗亚的左门,唐纳德·马丁紧绷着脸,把自己高大的身躯小心地安放在乘客座位上。

狭窄的街道上有很多车辆,莫尔斯决定右拐,径直穿到伍德斯托克路上。他在另一个自控人行横道处等待时,意识到评审会大楼离二号录像室有多么近。信号变成闪烁的黄灯的时候,他把离合器踩到联动点,突然一个行人从他面前跑了过去,是个蓄着胡子的年轻人。他跑得太急,没有认出莫尔斯;但是莫尔斯认出了他,莫妮卡最后说的几句话在他的头脑里回响。他可以在后视镜里看到这个年轻人正在沿着伍德斯托克路的右侧匆匆赶路,朝着拉德克利夫医院的方向走去,莫尔斯在下一个转弯处猛地把蓝旗亚拐向左边,狂怒地咒骂着爬行的车流。他把车停在拉德克利夫医院后面的双黄线上,告诉马丁留在原地,然后像瘸腿的牡鹿般一样奔向急救病房。她还在那里:他从幕布后面窥探的时候,她还是那样优雅地靠着枕头坐着。啐!他从护士长室给总部打了个电话,告诉迪克森赶快到这里来,然后站在那里重重地喘气。

"您没事吧,探长?"

"没关系,谢谢您,护士长。但是听着,我不想让任何人跟海特小姐说话或者靠近她。好吗?如果有人确实想见她,我要知道是谁。我的人十分钟之后到这里。"

他在过道里踱来踱去,焦急地等待迪克森的到来。就像朝圣者那样,他似乎只能缓慢前进——爬上陡峭的山峰,陷进沮丧的泥沼。但是那里没有理查德·巴特利特的影子。可能莫尔斯是在胡思乱想。

# 21

四十五分钟之后,办公室的挂钟指向两点半,莫尔斯对这个年轻的花花公子的怒气渐渐变成公开的敌意。唐纳德·马丁真是个软骨头!他承认了大部分事情,即便有些不情愿。他与莫妮卡的关系擦出过零星的激情,过后通常会有悔恨,徒劳地承诺这段关系必须结束。当然,控制步伐的人总是他;不过他们发生关系的时候(莫尔斯拉上了想象力的百叶窗),他知道她很快乐。她可以让自己完全沉醉在肉体的快感里;感觉非常美妙,而且他以前从来没有体验过。然而每当激情退去之后,她总是变得非常冷漠——几乎是冷酷无情。她从来没有为让他占有自己找过虚假的借口:完全是肉欲。她从来没提过爱情,甚至没有说过深深的喜爱……他的妻子(他很确定)没有怀疑过他的不忠,虽然她肯定感觉到(她肯定感觉到了!),他们当初结婚时候的无忧无虑已经消散了——可能一去不复返。

这个人真卑鄙!他那乌黑的直发,他的牛角框眼镜,还有女人一样的长手指。啊!马丁把已经告诉刘易斯的昨天晚上的行踪重复了一遍,还是没有驱散莫尔斯的反感。他幸运地在宽街上找到了停车位,首先去了国王纹章酒吧,他觉得那里的酒吧女侍可能还记得他。然后他去了白马酒吧,那里他谁也不认识。再喝了一品脱。然后去了特尔酒吧。又喝了一品脱。不,他平常不会出去大喝:其实非常少。但是过去几天就像噩梦一样。他根本睡不好觉,而啤酒能帮一点忙,通常都能管用。不过莫尔斯为什么要一直跟他谈这件事?他没去奥格尔比家附近!他为什么要去?看在上帝的分上,他能跟奥格尔比遇害有什么关系?他甚至不是很了解他。他不知道办公室里有没有人很了解他。

莫尔斯没有对他解释什么。"我们再谈谈上个星期五的下午。"

"不要再说了!我已经都告诉您了。好吧,开始我撒了谎,但是……"

"你现在就在撒谎!如果你不老实一点,我就把你关到牢房里,直到你肯对我说实话为止。"

"可是我没有撒谎。"他可怜地摇着头,"您为什么不相信我?"

"你为什么说你整个下午都在海特小姐家?"

"我真的不知道。莫妮卡觉得……"他的声音逐渐低了下去。

"是的。她已经告诉我了。"

"是吗?"他的眼神好像一下子放松了。

"是的。"莫尔斯谎称,"但是如果你不肯亲口告诉我,我们还可以等,先生。我现在不是非常忙。"

马丁低着望着地毯。"我不知道她为什么不想说我们去看了电影。我不知道——真的!但是我觉得这没有太大关系,所以我同意听她的。"

"你们只是一直坐在电影院里,却说是上了床,这不是有点奇怪吗?"

马丁好像意识到了这句活的明白无误,他点了点头。"但是这就是真相,探长。这是千真万确!我们在电影院里待到三点三刻。您要相信我!尼克的死和我根本没有关系——没有!跟莫妮卡也没有关系。我们在一起——整个下午。"

"告诉我电影放了什么。"

马丁告诉了他,莫尔斯知道他很难捏造这些淫秽的剧情。马丁看过电影;肯定什么时候看过;不管怎样,肯定看过。不一定是星期五,不一定是和莫妮卡,但是……

马丁说服了他,他知道。假设那个星期五下午马丁确实在那里。和莫妮卡一起?没错,可以假设这样。让他们坐在后厅的后排座位上,莫尔斯。马丁在等她,然后她进来了;没错,继续想!她进来了,然后……然后他们一直在那里!如果他们看到了其他人,会是谁?没错。回去一点。马丁看到谁进来了?没错。莫妮卡看到谁了?走进来?或者……没错。没错!

换一种方式想想看。比如说,四点三刻奥格尔比到了电影院。但是他肯定知道昆恩的电影票,不是吗?其实他肯定见过。什么时候?哪里?他为什么这样仔细地画了那张票?奥格尔比肯定知道,或者至少怀疑过,这张票至关重要。好吧。认定莫妮卡和马丁一起看了电影。但是,昆恩去了吗?还是只是有人就想让所有人认为他去了?是谁?谁知道票的事?谁画的?他在哪里找到的,莫尔斯?我的上帝,是啊!他真是个瞎了眼的蠢货!

几分钟之前马丁就不再说话了,而且好奇地看着眼前这个坐在黑色皮椅上暗自发笑的人。莫尔斯好像一直觉得,这一切似乎就发生在眨眼之间。没错,他坐在那里,好像忘记了所有事情,莫尔斯觉得自己知道尼古拉斯·昆恩是什么时候碰见死神的了。

*怎样？*　——

## 22

星期六的傍晚,奈杰尔·丹尼斯顿先生决定开始工作。大多数普通教育证书英语考卷已经送到,他像往常一样先把大牛皮纸信封按字母顺序排列好,然后对照分配到的任务表检查。考官会议在两天之后举行,他之前得看二十多份卷子,用铅笔打上临时分,然后交给资深考官仔细核查,会议结束之后,资深考官会和每位组员面谈。贾马拉是他的任务表上的第一所学校,他撕开小心翼翼封好的信封,把里面的东西拿了出来。试卷上面放着考场纪录,丹尼斯顿的眼睛满怀希望地扫过"缺席者"一栏。要是他的一两名考生得了某种东方疾病,他总会异常兴奋。考场记录显示有五名考生应考,当地的监考人把这五名考生都登记为"出席"。不要紧。总会有一两个兴奋的孩子什么也不知道或者什么也没写;有的孩子会在吃力地写出一两句话之后就灵感枯竭。但是没有。没有这种好运气。五名考生都没有提早放弃。相反——就是通常的情况——每页都是字迹潦草,表达生硬,废话连篇,而他的任务是辛苦地看一遍（肯定会很辛苦），用红笔标出语法、句法、句型、拼写和标点上的大量错误。这是乏味的工作，而且他真的不知道自己为什么每年都在做。不过他其实知道。这能挣些外快，而且如果他不改考卷，就只会坐在电视机前，跟家人喋喋不休地争论该看哪个频道……他浏览了一下前几页。哦，天哪！这些外国人的数学或者经济学之类的东西可能学得还行。不过他们不会写英语——这是事实。然而，这并不是很奇怪。毕竟英语是他们的第二语言，可怜的孩子。他拿出铅笔开始批改的时候，感到自己的偏见小了一些。

一个小时后，他改完了四份考卷。考生们都很努力——当然是的。但是他感到没有理由给他们打接近及格线的成绩。他试着在每份考卷的右上角写下他给的临时成绩：二十七分，三十四分，三十五分，十九分。他决定在晚饭之前再改一份。

这份考卷好多了。天哪，没错！他继续读下去，感觉写得非常好。他把铅笔放在一旁，饶有兴趣地读起这篇作文，心情近乎兴奋。不管这个男孩是谁，他写得非常好。虽然有几个拗口的句子，还夹杂着一些小错误；但是丹尼斯顿怀疑自己在考场上能不能写出这么好的文章。不过他之前碰到过这种情况。有时候考生会背诵整篇文章，然后默写下来：美丽的辞藻，从英国散文大家那里整块搬来的篇章；但是在这种情况下，文章主题会跟考题的严格内容相去甚远，以至于完全不相干。但是这篇作文没有。这个孩子要么是才华横溢，要么是幸运到家。然而，这不是丹尼斯顿要评判的事情；他的工作是给出考卷的成绩。他用铅笔写下九十分；接着想到自己为什么不给九十五分，甚至是九十九分。但是跟绝大多数考官一样，他一直不敢给满分。不管怎样，这个孩子肯定会成功的。出色的孩子！丹尼斯顿扫了一眼他的名字：杜巴尔。这对他来说没有什么意义。

＊　＊　＊

在贾马拉，秋季考试都挤在了一个星期里，最后一门考试昨天下午已经结束，乔治·布兰德喝着冰镇杜松子酒和奎宁水，正在开了空调的公寓里休息。仅仅几个星期之后，他就为自己的调动感到后悔。工资当然高了，但是直到离开牛津，他才意识到自己罢工四起、破产横出、美妙绝伦的故乡的优点。他最怀念的是归属感，无论多么模糊，他都可以把那里想成自己的家：夜晚的酒吧；遍布绿地和古老教堂的科茨沃尔德村庄；音乐会、戏剧、讲座，还有无处不在的学习氛围；那些古怪的人总是在缪斯的树丛里轻轻踱步，打发时间。他从来没意识到这对他有多么重要……贾马拉的气候让人无法忍受，总是让人萎靡不振；这里的人不易亲近——表面好客，但是暗地里警惕而多疑……现在他对调动多么后悔！

新闻让他很担心，任何人都会担心。其实只是通知他——仅此而已；评审会通知他的做法考虑得很周到。国际电报是星期三早晨到的："坏消息句号昆恩死了句号怀疑是谋杀句号会再给你写信句号巴特利特。"但是当天早晨还有一份电报，这封没有署名。他立刻把它烧了，虽然他知道没有人怀疑到这些简短阴郁的字句的重要性。不过总是存在某种可能的，他已经准备好了。他走到桌旁，又把护照拿了出来。全部整理妥当；他把飞往开罗的机票小心翼翼地塞在口袋里，明天中午启程。

# 23

弗兰克·格林纳威驶进新月形街区的时候，看见派恩伍德巷一号外面停了一辆车；但是他没有认出来，而且没有再想。当然，他当然完全理解乔伊丝的想法。他自己也不太想回到这里，而且他外出工作的时候，更不能指望她独自留在这里。孩子会跟她做伴，但是——不。他同意她的说法。他们会另找地方，同时他的父母非常热情。不是说他愿意跟他们一起住太久。就像某人说的，鱼和客人三天之后都会开始发臭……他们可以把大部分东西留在派恩伍德巷一两个星期，不过他得帮乔伊丝（她明早就要离开约翰·拉德克利夫医院）拿些东西，警察说过没有问题。

他从车里出来的时候，注意到街边的路灯已经修过了，他和乔伊丝以前住的房子，也就是昆恩被发现遇害的地方，好像恢复了往日的模样。院门开着，他径直走到前门，从钥匙圈上挑出正确的钥匙。车库的门开着，用两块墙砖抵着。弗兰克轻轻推开前门。他不是个神经质的人，但是他跨进漆黑的走廊里的时候，还是不由自主地打了个冷战，右侧有两扇门，楼梯几乎是在正前方。得利索一点，他可不想在那里单独待太久。他把手放在栏杆上的时候，注意到厨房门下面透出一丝微弱的光：警察肯定忘了……但是他听到里面有声音，非常明显。厨房里有人。有人在里面轻手轻脚地走动……恐怖的念头像电流一样击中了他的肩膀，完全没有思考，几秒钟之后，他就顺着水泥车道朝自己的轿车飞奔了过去。

莫尔斯听到前门的声响，就朝过道里望了出去。但是没有人。他又在胡思乱想。他回到厨房，再次在后门旁边弯下腰来。是的，他确实没错。楼下其他房间的地毯上没有泥，而且昆恩回家之前一个小时左右就用吸尘器清理过了。但是后门旁边却有泥痕，莫尔斯知道有人把鞋子脱了下来，然后放在了门垫旁边。他站在那里的时候，鞋子踩在砂砾状的干泥巴上，声音就像踩在玉米片上一样。

他离开了房子，坐进蓝旗亚里。但是接着他又下了车，原路走回，关上车库大门，最后关上了花园大门。


十分钟之后，他在沃尔顿街上一间漆黑的房子外面停下车，门口有一位牛津市警官正在站岗。

"没人想进去吧，警官？"

"没有，长官。有几个看热闹的总是在这附近晃悠，但是没有人进去过。"

"好。我只进去十分钟。"

奥格尔比的卧室看起来落寞而阴郁。墙上没有画，床头柜上没有书，梳妆台上没有装饰品，房间里看不见取暖设备。大型双人床占据了有限的空间，莫尔斯把床罩掀开。两个枕头并排放在那里，两件淡黄色的睡衣塞在头层床单下面。莫尔斯拿起靠近自己的枕头，发现有一件叠得很整齐的女式晨衣——黑色，丝质，几乎透明，标牌上写着"圣迈克尔"。

还没有人想要打扫另一间房，昨天晚上还在熊熊燃烧的火焰现在只剩下了冰冷的灰末，里面还有几个侦探扔进去的烟蒂。看上去相当破败。莫尔斯注意到壁炉两边高架上排列着的书。大多数都是奥格尔比专业的技术论文，莫尔斯只对一本产生了兴趣：《法医学与毒物学》，格莱斯特和伦图尔著。这是位老朋友。顶上露出一张叠着的纸，莫尔斯把书翻到那一页：第五六六页。书页下方四分之一处用黑体字印着标题"氢氯酸"。

莫尔斯一到萨默顿健康诊所，就被人带进了帕克医生的诊疗室。

"是啊，探长。我给奥格尔比先生看病已经有——哦，七八年了。真是非常不幸。可能发生了什么事，但是我很怀疑。极为罕见的血液疾病——没有人了解很多。"

"您说他还能活一年左右，对吗？"

"可能是一年半。不会更长。"

"他知道？"

"哦是的。他坚持要求知道全部情况。不管怎样，瞒着他也没什么用。他有非常丰富的医学知识。他对自己的病比我知道得还多。或者说比拉德克利夫医院的专家都多。"

"您觉得他告诉过别人吗？"

"我很怀疑。可能告诉过一到两个要好的朋友，我觉得。但是我不了解他的私生活。据我所知,他没有特别要好的朋友。"

"您为什么这样说?"

"我不知道。他——有点孤僻,我觉得。有点不爱交流。"

"他很痛苦吗?"

"我不这么认为。至少他从来没说过。"

"他不是那种会自杀的人,对吗?"

"我不觉得他是。看起来是很平静的伙计。就算真要自杀,他也会简单干脆地了结自己,我应该能想到。他的头脑肯定很正常。"

"您说什么才是简单干脆的方法呢?"

帕克耸了耸肩。"要换作是我,我就吞下一口氰化物。"

莫尔斯若有所思地走向轿车:他觉得自己更加难过,但没有变得更加聪明。不管怎样,还要去一个地方。他只希望玛格丽特·弗里曼没有出去参加星期六晚上的舞会。

傍晚早些时候,虽然刘易斯无法猜透探长的用意,但是他很期待分配给他的任务。

乔伊丝·格林纳威很乐意合作,她尽全力回答警探的古怪问题。她之前就告诉过莫尔斯探长,她无法确定那个名字就是巴特利特,而且尝试(虽然她确实尝试过)回忆他被称作巴特利特还是巴特利特博士毫无意义。她也很肯定自己无法再次辨认出那个声音:她听力最佳的时候也没有那样好,而且——好吧,你没办法再次辨认出那样的声音,对吗?他们在谈什么?好吧,其实她只是觉得他们在安排在哪里碰面。但是除此之外——时间,地点,原因——不,她完全不知道。

刘易斯都写在了笔记本上;写完之后,他逗起了躺在床边的小生命。

"您有孩子吗,警探?"

"两个女儿。"

"如果生的是女儿,我们已经想好名字了。"

"男孩的名字也有不少好听的。"

"是的,我也这样想。但是不知怎么的——您的教名是什么,警探?"

刘易斯告诉了她。他一直不太喜欢这个名字。

"探长的呢?他的教名是什么?"

刘易斯皱了一下眉。真的很有趣。他一直没想过莫尔斯有教名。"我不知道,我从来没有听过有人喊过他的教名。"

刘易斯从约翰·拉德克利夫医院出来之后,径直朝火车站驶去。牛津有四家出租车公司,在刘易斯需要找出处理手头任务的最好方法的时候,他们给出的建议却相互矛盾。查明是谁(如果有这个人)在十一月二十一号下午四点二十分时把鲁普从火车站送到考试评审会大楼肯定是一件相对简单的差事。不过实际情况并非如此。刘易斯问了一圈之后,开始怀疑自己得到的答案是不是莫尔斯期待或者希望的。

刘易斯到达利托摩尔医院的时候已经过了八点半。

值夜班的是艾狄生医生,他本人对理查德·巴特利特的病例不是很了解,虽然他当然知道。他取出病历,但是不让刘易斯自己翻看。"这里有一些非常私人的记录,您知道,警官,我觉得我可以给您需要的信息,不要……"

"我不是想知道巴特利特先生精神问题的细节。只需要知道他在过去五年里待过的机构,他去过的诊所,他看过的专家——当然还有日期。"

艾狄生看上去有点不耐烦了。"您需要这些?好吧,我觉得,如果确实有必要……"档案里面有一沓两英寸厚的纸,刘易斯耐心地做了笔记。他们花了将近一个小时。

"好吧,非常感谢,先生。很抱歉占用了您这么多时间。"

艾狄生什么也没有说。

刘易斯最后起身离开的时候,问了最后一个问题,虽然这个问题不在莫尔斯的单子上。

"巴特利特先生得的是什么病,先生?"

"精神分裂症。"

"哦。"刘易斯再次感谢他,然后离开了。


刘易斯回来的时候,莫尔斯还没有回来。他们本来约好十点左右再见——如果两人都来得及。莫尔斯讯问完了吗?他很有可能出去喝酒了。刘易斯看了看手表:十点刚过十分,他最好等等。莫尔斯做填字游戏的时候肯定在查什么,因为《钱伯斯词典》就放在乱糟糟的桌上。刘易斯翻开词典。"Ski-"?不对。"Sci-"?不对。他对拼写单词从来都不拿手。"Sch-"?啊!就是这个:"ski-zo-freni-a,或者是skid-zo,名词,早发性痴呆或者精神错乱,主要表现为自闭以及思维、感情和行动之间缺乏连贯性。

莫尔斯进来的时候,刘易斯看到了"精神错乱",显然,这是莫尔斯一生中唯一没有喝酒的时候。他仔细听着刘易斯告诉他的信息,但是好像既不吃惊,也不激动。

十点三刻的时候,他扔出了手里的炸弹。"好吧,刘易斯,我的老朋友。我要让你大吃一惊。我们星期一早上要去抓人。"

"那天陪审团要裁决死因。"

"我们就在那个时候抓他。"

"但是您能在裁决的时候做这种事吗,长官?合法吗?"

"合法?我不懂法律。但也许你是对的。我们等裁决之后再抓人,等他……"

"如果他不在那里呢?"

"我觉得他肯定会在那里。"莫尔斯平静地说。

"您不准备告诉我他是谁吗?"

"什么?然后破坏我的小惊喜?现在,你觉得我们喝两杯怎么样?庆祝一下。"

"酒吧已经关门了,长官。"

"真的?"莫尔斯显得很吃惊,他走到壁橱旁边,从里面拿出半打啤酒,两个杯子,还有一个开瓶器。

"干我们这行的,凡事都要有准备,刘易斯。"


十一点上床之后,玛格丽特·弗里曼一直都在翻来覆去,凌晨一点半,她从床上爬了起来,她蹑手蹑脚地走过父母的卧室,悄悄地来到厨房,打开水壶。现在她没有几天前那样惊恐了,当时她很庆幸自己没有像其他女孩子那样一个人住;现在只是更加困惑了:莫尔斯问她的事情让她困惑。其他姑娘觉得探长有点迷人,但是她不觉得。太老了——而且太自负。进门之后还要梳头,想要盖住后脑勺上的那块秃顶！男人啊！但是她喜欢昆恩先生——喜欢的程度超过了应有的范围……她给自己倒了一杯茶，坐到厨房的桌边。莫尔斯为什么要问她那个问题呢？好像她在为什么重要的事情保密，确实很重要，他说过。但是他为什么想知道？她躺在床上的时候一直在想，问自己他为什么问了这个问题。为什么他觉得昆恩先生把她的首字母写在他留下的小纸条上有那样重要？他当然这样做了！她才是最需要知道的人，不是吗？不管怎样，她是他的机要秘书。或者说以前是……她又给自己倒了一杯茶，带回房间里，打开了床头的台灯。她在床上坐好的时候，远处的墙上好像出现了可怕的阴影。她想安静地坐一会儿，但是突然又感到非常恐惧。

## 24

星期一早晨,刘易斯正在斯特兰奇警督办公室的门外等着,然后门开了,他听到了他们谈话的结尾。

"……太荒唐了,但是——"

"我让您失望过吗,长官?"

"常有的事。"

莫尔斯朝刘易斯挤了挤眼,然后把门关上。现在是早上十点半,庭审十一点开始。迪克森正站在外面的汽车旁等待,三位警察一起朝牛津驶去。

庭审在圣阿尔代路牛津市警察局总部后面的法庭举行,已经有几个人站在外面等待前一场庭审结束。刘易斯看了他们一眼。他给所有涉及昆恩谋杀案的人都写了信(莫尔斯仔细吩咐过他)。一些人必须到场作证;另一些人不是证人("但是希望您能到场")。评审会主任站在那里,双手插在昂贵的深色外套里,露出学者式的焦躁;秘书看上去满脸严肃；莫妮卡·海特脸色苍白，但是依旧迷人；马丁像紧张的鬣狗一样在铺着砖块的院子里徘徊；鲁普正在抽烟，若有所思地看着地面；老昆恩先生茫然孤独，好像望穿了绝望的地狱；埃文斯夫人和贾丁夫人虽然在社会阶层上相去甚远，但是这场悲剧把两人联系在了一起，她们正在努力愉快地谈论这件事。

十一点十分，他们依次走入法庭，验尸官的警探作为庭警，按照自己的喜好平静而坚定地安排座位，穿过房门走到法庭的后面，几乎立刻又同验尸官一起出现在法庭上。全体起立，警探用庄重的语调宣布司法程序。庭审开始了。

首先是老昆恩先生确认死者身份；然后贾丁夫人站在证人席上；接着是巴特利特；然后是刘易斯警探；迪克森警官。验尸官面前的那份证言既没有添写什么，也没有删去什么。接下来，瘦骨嶙峋的驼背医生提供验尸证据，他念了一份事先准备好的稿子，语速飞快，而且还有一大堆生理学细节，就像是在对着一教室智力低下的学生诵读俄罗斯信经。读到最后一个句号之后，他漫不经心地把报告递给验尸官，然后小心翼翼地走下来，快速走出法庭，告别这个案件。刘易斯胡乱猜想他的收费会有……

"莫尔斯高级探长，请上庭。"

莫尔斯走到证人席上，含混不清地宣了誓。

"您负责调查尼古拉斯·昆恩先生死亡一案。"

莫尔斯点点头。"是的，阁下。"

验尸官还没有开口，进门处有一阵轻微的骚动；然后传来阵阵私语，最后一个留着胡子的年轻人走了进来，坐在迪克森警官旁边低矮的长凳上。刘易斯很高兴见到他，他刚才还在怀疑寄给理查德·巴特利特的信是不是寄丢了。

验尸官开始说话:"您能否告诉法庭您调查本案的进展情况?"

"还不行,先生。如果您能批准,我希望提出正式申请,把庭审推迟到两星期之后。"

"我能否这样理解,高级探长,您的调查届时可以完成?"

"是的,先生。不用太久,我希望。"

"我明白了。您目前还没有逮捕本案的任何嫌疑犯,是这样吗?"

"马上就会逮捕。"

"是吗?"

莫尔斯从内袋里取出一张逮捕令,拿到法庭前面。"可能您在法庭上这样自演自唱有点不太寻常,阁下;但是庭审一旦得到推迟——当然,如果阁下同意——逮捕嫌疑犯就是我的职责。"莫尔斯微微扭过头,扫了一眼前排长凳:迪克森、理查德·巴特利特、埃文斯夫人、贾丁夫人、马丁、巴特利特博士、莫妮卡·海特、鲁普,还有刘易斯。没错,他们都在那里,凶手就坐在他们中间!事情都在按计划进行。

验尸官正式宣布休庭两周,全体起立,等待威严的人物不情愿地离开。听众席一片寂静;莫尔斯缓缓走出证人席的时候,好像所有人都屏住了呼吸,目不转睛,他在理查德·巴特利特面前停留了片刻,接着往前走;走过埃文斯夫人;走过贾丁夫人;走过马丁;走过巴特利特,走过莫妮卡·海特;然后站在鲁普面前。然后停在了那里。

"克里斯托弗·阿尔吉侬·鲁普,这是逮捕令,你因为涉嫌谋杀尼古拉斯·昆恩而被捕。"这些话在寂静的法庭里回荡,所有人好像都屏住了呼吸,"我有义务告诉你——"

鲁普怀疑地瞪着莫尔斯。"你究竟在说什么?"他的眼神迅速瞟向左边,然后瞟向右边,好像在测算自己迅速逃走的机会。但是他的右边站着身材魁梧的迪克森警官;左边的刘易斯立刻把手重重地按在他的肩膀上。

"我希望您明智一点,安心跟我走,先生。"

鲁普严厉地低声说道:"我希望您明白自己犯下了多么可怕的错误。我只是不明白——"

"以后再说。"莫尔斯打断了他。

鲁普走出去的时候,所有的眼睛都盯着他,迪克森站在右侧,刘易斯站在左侧;但是仍然没有人说一个字。好像所有人都被吓成了哑巴,或者刚刚目睹了奇迹,或者看到了戈耳工[①]的脸。

巴特利特是第一个动的人。他看起来完全吓呆了,像机器人一样走向自己的儿子。莫妮卡的眼睛扫过巴特利特刚站的地方,发现唐纳德·马丁正在盯着自己。可能只是无法感知的东西,但是就在那里。她轻轻摇了摇头;眼睛里透出深邃的死寂。"闭嘴,你这个傻瓜!"它们好像在说。"闭嘴,你这个愚蠢的傻瓜!"

---

① 戈耳工(Gorgon),希腊神话中的蛇发三姐妹,她们得罪了雅典娜,被雅典娜剥夺了美貌,并将头发变成毒蛇,任何碰到她们目光的人都会立刻变成石头。

## 25

"你在这件邪恶事情上的运气没有糟透,鲁普。你有点好运气,我知道;而且你充分利用了。不过你也有一些坏运气:事情的进展让所有人,甚至包括你,都无法预料。虽然你想方设法应对——其实,你几乎成功将它转换成了自己的优势——你还是有点聪明过头了。我知道我面对的是个极其狡诈多谋的凶手,但是最后就是你的聪明出卖了你。"

莫尔斯、刘易斯、鲁普三个人坐在一号审讯室里。刘易斯(莫尔斯郑重提醒过他不要吭声,不管发生什么)坐在门边,莫尔斯和鲁普面对面坐在小桌子两侧。猎人莫尔斯好像非常自信,背靠木椅坐着,他的声音镇静,而且颇为愉快。"要我接着说吗?"

"如果你非要说。我已经告诉过你,你这样做非常愚蠢,但是你好像不想听任何人的话。"

莫尔斯点了点头。"好吧。我们最好从中间开始,我觉得。就从上星期五下午四点二十五分你走进评审会大楼的时候说起。你看到的第一个人是勤杂工诺克斯，他正在修理走道里的坏灯管。不过你很快发现，楼下办公室里没有别人。没有人！你就编了个说得过去的谎话，说你要把一些文件给巴特利特博士，因为他在外面，所以你就有了世界上最好的借口，可以去找其他人，看看他们在不在办公室。当然，你看了昆恩的办公室，情况跟你预料得一样——跟你计划得一样。事情安排得很聪明，可以给任何去昆恩办公室的人留下清晰的印象，昆恩就在那里——在办公室里，或者至少很快就会回来。星期五整天都在下大雨——你的运气真好！——那里，昆恩的椅背，挂着他的绿色防水外套。那种天气，谁会不带外套离开办公室？橱柜也开着。橱柜里面是考卷，要是哪个员工对安全稍有疏忽，秘书都会像老鹰一样冲下来。但是我们在昆恩的案子里要相信什么？昆恩？刚刚上任，听过很多遍，肯定已近厌烦，每天的任何时刻都要严格注意安全。而他干了什么，鲁普？他出了门，却把橱柜开着！然而与此同时，我们的证据表明昆恩一直严格遵守秘书的指示。因为几个月前他才接手工作，领导告诉过他，非常郑重地说过，如果白天他要离开，没有任何关系。但是——如果他要离开，他得留一张字条，让可能要找他的人知道他在哪里，或者在做什么。换句话说，巴特利特的话就是法律和命令。现在，我发现两种暗示极强的情况结合在一起，鲁普。我们中有人粗心大意，有人吹毛求疵，但是很少有人两者同时兼具。你同意吗？"

鲁普正在盯着窗外的水泥庭院。他显得警惕而紧张，但是什么也没有说。

"勤杂工告诉你他要去喝茶，很快评审会大楼的一层只有你一个人——或者你是这样想的。当时才四点半左右，虽然我怀疑你原先打算等到整个办公室没有人，但是这个好机会实在不容错过。诺克斯无意中告诉了你一些非常有意思的信息，虽然你自己也能轻易发现。后面停车场里剩下的那辆车是昆恩的。好吧，接下来是这样的，或者跟这非常相似：你再次走进昆恩的办公室，拿起他的防水外套，然后穿上。当然你还戴着自己的手套，然后你把自己穿的塑料雨衣折好。然后又看到了那张便条，确认应该放在自己的口袋里。当然，如果昆恩回来过，他肯定不会把便条留在桌上，从这时候开始，你得完全像昆恩那样思考和行动。你走出后门，发现——你知道自己会发现——昆恩的车钥匙在防水外套里。当然周围没有人，天气仍然很糟——虽然对你来说很理想。你坐上车，然后开出了大楼。诺克斯坐在楼上喝茶的时候其实看到你离开了。但是他以为——为什么不呢？——那是昆恩，毕竟他只能看到车顶。因此，就是这样。到这里你一直很走运，而且你充分利用了机会。大骗局的第一部分结束，你大获全胜！"

鲁普在硬木椅子不安地挪动，眼神看上去很凶狠，但是他还是什么也没说。

"你把车开到基德灵顿，安全地停在派恩伍德巷昆恩家的车库里，这时候，你又有了好运气和坏运气的奇怪组合。首先是好运气。雨还是下得很大，没有人会仔细看从车里出来打开车库门的人是不是昆恩。天也黑了，而且派恩伍德巷的街角比往常更黑，因为有人——有人，鲁普，已经确保房子外面的路灯正好刚刚被砸坏了。我在这个问题上没有铁证，但是你得让我有一些小猜想。因此即便有人确实看到了你，穿着昆恩的绿色防水外套，低头在雨里赶路，我也怀疑那人不会有任何疑心。你的体型跟昆恩差不多，而且跟他一样留胡子。但是另一方面，你的运气非常不好。事情就是这样，你不可能注意到，有个女人正站在楼上前窗旁边。她已经等了很长时间，担心胎儿会早产；她已经给考利的丈夫打了几个电话，正在焦急地等着他随时到来。就像我说的,这本身不是什么要紧的事。当然她看到你了,但是她从没想到自己看到的人不是昆恩;而且你肯定计算过可能性,并且就是按照这种设想行事。可是,她看到你走进了房子,你立刻发现埃文斯夫人——你肯定对家里的安排一清二楚——就像我说的,埃文斯夫人居然还没有打扫完房子。而且她留下了一张字条,说她还要回来!运气不好,好吧,可是你突然想到了彻底扭转局面的好机会。你看了埃文斯夫人的便条,搓成一团扔进了字纸篓儿里。你点上煤气炉,把用过的火柴小心地放进火柴盒里。你不应该这样做,鲁普!但是我们都会犯错,不是吗?然后——你的绝招!你的口袋里有一张便条——昆恩自己写的那张,这张便条不仅看上去是真的,而且它就是真的。任何笔迹专家看过一眼就能确认,这是昆恩的笔迹。专家当然会确认,笔迹确实是昆恩的。不过你的运气实在太好,不是吗?便条是写给玛格丽特·弗里曼的,她是昆恩的机要秘书。但是没有写名字。只有首字母。MF。你在昆恩的外套里找到黑色的细头圆珠笔,非常小心地改了首字母。不是很难,对吗?M 后面写上歪歪扭扭的"rs",F 下面再加一横,变成 E。便条的内容足够好——至少足够含糊——可以掩盖骗局。你把便条轻轻放在橱柜上面的时候肯定在笑。是的,没错!然后你又出门了。不过你不想冒险,所以你走出后门,来到后花园,穿过篱笆上的间隔,沿着田野里的小路走到优质超市。反正你得出门,因此为什么不大摇大摆地出去?你买了一些东西,而且你走过超市货架的时候,头脑也在不停运转。买一些东西,看上去像是昆恩要招待人吃晚饭!为什么不?又是漂亮的一招。两块牛排,还有其他一些东西。但是你不应该买黄油,鲁普!他的冰箱里有很多黄油,而且你买错了牌子。就像我说的,你很聪明。但是有点聪明过头了。"

"你也是,探长。"鲁普最后终于说话了。他抽出一支烟,点着,把火柴小心地放进烟灰缸里。"我无法相信你要让我相信这样难懂的废话。"他的话小心而理智，好像轻松了很多。"如果你除了这些童子军化妆舞会的胡言乱语没有别的可说，那我建议你马上放了我。但是如果你想坚持下去，我就要找我的律师过来。你之前告诉我有这个权利的时候，我没有这样做——不管怎样，我知道我的权利，探长——不过我觉得我最好自己证明清白，而不需要找骗钱的律师。但是你有点做过头了，你知道。这些荒唐的指控，你一点证据也没有。一点也没有！如果你只会这些，我建议你为了自己考虑，而不仅仅是我，立刻结束这种荒唐的表演。"

"那么你否认这些指控？"

"指控？什么指控？我不认为你提出了任何指控。"

"你否认这一系列事件——"

"当然。我否认！谁会找那么多该死的麻烦——？"

"不管是谁杀了昆恩，他都要不在场证明。他找了。非常聪明的不在场证明。你明白，这个案子里的所有迹象都在表明，星期五下午昆恩还活着，肯定直到黄昏傍晚的时候，而且重要的是——"

"你是说星期五晚上昆恩已经死了？"

"哦，不。"莫尔斯缓缓地说，"昆恩已经死了好几个小时。"

小房间里很久没有人说话，最后是鲁普开了口。"你是说，好几个小时？"

莫尔斯点了点头。"不过我不是非常确定昆恩是什么时候遇害的。我很希望你能告诉我。"

鲁普大笑起来，疑惑地摇了摇头。"你觉得我杀了昆恩？"

"所以你在这里，所以你要留在这里——直到你决定告诉我真相。"

鲁普的声音突然变得尖锐而愤怒。"但是——但是星期五我在伦敦。我告诉过你。我四点一刻才回到牛津,四点十五分!你不相信吗?"

"是的,我不相信。"莫尔斯直截了当地说。

"好吧,听着,探长。我们先把一件事弄清楚。我觉得我无法证明自己的行踪——至少无法让你满意——比如说,当晚五点到八点。而且不管怎样你都不相信我。但是如果你决定还要把我留在这种破地方,请至少指控一些我可能做过的事。好吧!我开了昆恩的车,帮他买了东西,天知道还有什么。我们接受这些该死的废话,如果这能让你高兴。但是还指控我杀了昆恩。四点二十分——随便你说什么时间,我不在乎!五点。六点。七点。随便你挑。但是看在老天的分上,讲点道理吧。我在伦敦待到三点左右,然后我坐火车回了牛津。你不明白吗?随便编造,如果你愿意。但是请——请告诉我,我什么时候、又是怎样杀了这个人。这就是我要问的。"

刘易斯看了一眼莫尔斯,他好像没有刚才那样自信了。他拿起面前的文件,漫无目的地翻看。好像有什么东西哪里不对劲——这是肯定的。

"我只听您说过,鲁普先生,"(现在是鲁普先生了)"您说您在伦敦坐了这班车。您在出版社,我知道。我们检查过。但是您能——"

"我能用您的电话吗,探长?"

莫尔斯耸了耸肩,好像有些不悦。"有点不寻常,我觉得,但是——"

鲁普翻看电话号码簿,拨了一个号码,语速很快地说了几分钟,然后把听筒递给莫尔斯。是卡布里奥勒出租车公司,莫尔斯听对方说着,点了点头,什么也没有问。"我明白了。谢谢您。"他放下电话,朝鲁普看了看。"您比我们取得了更大的成功,鲁普先生。您也找到检票员了吗?"

"没有。他得了流感,但是这星期之内他就会回去上班。"

"您一定很忙。"

"我很担心——谁不会呢?您一直问我在哪里,而且我觉得您肯定怀疑我,我知道确认一下比较明智。我们都有自我保护的本能,您知道。"

"是——的。"莫尔斯用左手食指摸了摸鼻子——摸了好几次,最后下定决心。他拨了一个号码,找《牛津邮报》的编辑。"我明白。那么我们太晚了。头版,您是说?哦,天哪。好吧,没有办法。最新消息怎么样?我们能在那里加些东西吗?……好的。就说,呃,'谋杀案嫌疑犯获释。C.A.鲁普先生(见第一版)今天早些时候因为涉嫌谋杀尼古拉斯·昆恩而被捕,今天下午获释。高级探长——'什么?没地方了?我明白。好吧,比什么都没有好。很抱歉麻烦您……是的,恐怕这些事情总会不时出现。谢谢。"

莫尔斯挂上电话,转身面对鲁普。"听着,先生。就像我说的,这些事情总会——"

鲁普站起身。"算了吧!您今天说的话够多了。我现在可以走了吗?"他的口气非常尖刻。

"是的,先生,就像我说的……"鲁普满脸鄙夷地看着他,那句无力的话咽了回去,"您的车在这里吗,先生?"

"不在。我没有车。"

"哦没有,我记得。如果您愿意,刘易斯警探可以——"

"不,不需要!我今天受够了你们恶心的招待。我搭公共汽车,非常感谢!"

莫尔斯还没来得及说话,鲁普已经离开了房间,快步穿过庭院,走进晴朗而寒冷的下午。


审讯的最后十分钟里,刘易斯发现自己越来越迷惑,他一度盯着莫尔斯,好像是游手好闲的人张口结舌地望着村里的傻子。莫尔斯到底以为自己在做什么?他现在又看了他一眼,他正在低头看着桌上的一沓文件。不过刘易斯看他的时候,莫尔斯抬起头,脸上不可思议地浮现出满意的笑容。他发现刘易斯在看自己,就开心地眨了眨眼。

# 26

屋里的人有些焦急,不过颇为镇静。黄昏前后,电话铃响过好几次,刺耳而急促。不过他没有接,因为他看见邮局货车就在路边修理(修理!)电话线。笨拙而明显。他们肯定认为他很愚蠢。不过他一直明白,他们也不愚蠢,这个想法正在纠缠他的头脑。他反复告诉自己他们不可能知道;只能猜;没法证明。不屈不挠的阿里阿德涅①也无法解开这个迷宫,线球只会引向砖块砌得严严实实的死巷角。该死的电话!他等到纠缠不休的打电话人耗尽了看似无穷无尽的耐心,然后把话筒从座机上取了下来。里面发出呜呜声——无法忍受。五点五十分,他打开晶体管收音机,只动用部分意识功能,听着英国广播公司金融城②记者讨论《金融时报》指数的波动,还有浮动的英镑走势。

---
① 阿里阿德涅(Ariadne),希腊神话中克里特王的女儿,曾经给了英雄忒修斯一个线团,帮助他走出米诺斯迷宫。
② 伦敦金融城(The City),即伦敦老城,位于伦敦中部,具有诸多大型金融机构,包括证券交易所、商业银行和保险公司。

他不担心自己的钱。完全不用担心。

屋外的人继续观望。他已经盯了三个半小时以上,双脚潮湿冰冷。他看了看手上的荧光表:下午五点四十分。再过二十分钟,接替他的人就要来了。仍然没有动静,除了那个身影在拉上的窗帘后面不断走来走去。

如果睡觉被定义为意识的松弛,那么屋里的人那天晚上没有睡觉。早晨六点,他穿戴整齐,静心等待。六点三刻,他听到外面漆黑的路上牛奶瓶撞击的声音。不过他还在等待。直到上午七点三刻,送报男孩送来了《泰晤士报》。天还是很黑,这桩小买卖匆匆完成。并不复杂,也无人注意。

下午一点一刻,屋外的人几乎就要放弃希望的时候,门开了,里面走出一个人,不紧不慢地朝牛津方向走去。外面的人拨到"发送",对着无线对讲机说话。然后他换到"接收",信息非常简短:"跟上他,迪克森!注意别让他发现你!"

刚才在屋里的人走到火车站,四下张望,然后走进餐馆,要了杯咖啡,坐在窗户旁边,望着外面的停车场。一点三十五分,一辆车缓缓开过——一辆熟悉的车,转下斜坡,开进停车场。自动杆升了起来,车子停到最里面的角落里。停车场几乎满了。餐馆里的人放下喝了一半的咖啡,点了根烟,把用过的火柴小心翼翼地放回火柴盒里,然后走了出去。

下午两点,穿栗色裙子的年轻姑娘再也无法忍受了。店里只有几位顾客,不过他们都在奇怪地打量着他。她从柜台后面走了出来,轻轻拍了拍他的肩膀。他只有中等身材。"请原谅,先生。不过您要进来喝杯咖啡吗,或者别的什么?"

"不。请给我来杯茶吧。"他礼貌地说道,然后放下高倍望远镜,她发现他泛着黑眼圈。

刘易斯到家的时候刚过五点。他疲惫不堪,双脚冻得像冰块。

"你晚上在家吗?"

"是啊,亲爱的,谢天谢地!我快冻死了。"

"那个该死的莫尔斯想让你得肺炎还是怎么着?"

刘易斯虽然听到了妻子的话,不过他在想其他事情。"他是个聪明的家伙,我说莫尔斯。老天,他真聪明!虽然无论他是对还是错……"不过妻子没有继续听,刘易斯听到厨房里平底锅欢快的撞击声。

# 27

星期三早晨，在评审会办公楼里，莫尔斯坦率地告诉巴特利特，考试管理工作几乎肯定出现了渎职犯罪。他特别指出，他怀疑有人把考卷泄露给了贾马拉酋长国，然后把一号证据推到桌子对面。

三月三日

亲爱的乔治：

  向牛津诸位问好。非常感谢您的
  信和夏季考试材料。
  所有报名表和费用表都准备完毕，
  可以在二十号星期五
  寄给评审会，据我所知，最迟二十一号。

这里的管理已经得到改善，不过还有改进的空间，
只要再给我们两三
年的时间，我们就能向你们展示成果！请
不要让这些该死的十六岁以上方案破坏
你们基本普通和高级证书制度。这
种改革，如果立刻
实施，肯定会带来混乱。

诚表敬意

巴特利特读信的时候皱起了眉头，他打开工作日志，查了几项记录。"这是，呃，一派胡言——你明白，不是吗？报名表都要在今年三月一号之前送到。我们安装了一台微型电脑，随后送到的任何——"

莫尔斯打断了他。"您是说，写这封信的时候，贾马拉的报名表已经送到了？"

"哦，是的。否则我们不可能让他们的考生考试。"

"你们让他们考试了？"

"当然。还有这个夏季考试材料的事情。他们不可能在四月初之前收到。当时连一半考卷还没有印好。还有地方不对劲，不是吗，探长？三月二十日不是周五。至少我的日志里不是。不是，不是。我觉得我们不能过于指望这封信。我肯定，这不可能出自我们的——"

"您不认得这个签名吗？"

"谁能认得出？看起来不过是一团铁丝——"

"只要顺着右边的字往下读，先生。每行最后一个词，如果您明白

我的意思。"

秘书用平淡的语调大声读:"您的——材料——准备完毕——星期五——二十一号——房间——三——请——销毁——此信——立刻。"① 他慢慢地点了点头。"我明白您的意思,探长,虽然我必须说,我自己从来没有看出来……您是说您觉得乔治·布兰德——"

"——得了好处,没错。我相信这封信告诉他收取最近一笔钱准确的时间地点。"

巴特利特深吸了一口气,又看了看自己的日志。"您可能猜对了,我觉得。二十一号星期五他不在办公室。"

"您知道他那天在哪里吗?"

巴特利特摇了摇头,把日志递给他,三月二十一号下面整齐地记了十来个简短事项,莫尔斯读到了简明的提示:"GB 不在办公室。"

"您能和他联系吗,先生?"

"当然。上星期三我还给他发了电报——关于昆恩的事。他们见过,当时——"

"他回信了吗?"

"还没有。"

莫尔斯果断说道:"当然我不能告诉您全部情况,先生,但是我觉得您应该知道,我觉得昆恩和奥格尔比的死都跟布兰德有直接联系。我觉得布兰德贪污腐化,完全可能违背评审会的公正——只要他可以从中捞钱。但是我觉得这里还有别人,不一定是员工,不过肯定是跟评审会的工作联系紧密的某个人,他和布兰德合谋。而且我几乎不怀疑,昆恩发现了那人是谁,然后因为自找的麻烦遇害了。"

---

① 在英语中,房间与空间都是同一个词 room,"破坏"(destroy)也有"销毁"的意思;形容词"这"(this)也可以作为代词代指这封信件。

巴特利特全神贯注地听着莫尔斯的话,不过没有露出半点惊讶。"我想过您可能会说这样的话,探长,我觉得您会认为奥格尔比也发现了,而且因为同样理由遇害了。"

"可能是,先生。虽然您的猜测有可能不对。您知道,可能是杀害尼古拉斯·昆恩的凶手已经因为自己的罪行遭到了惩罚。"

现在秘书真的非常吃惊。莫尔斯接着慢慢说的时候,他的眉毛挑起了足有一英寸,无框眼镜在鼻梁上架得更低。

"恐怕您必须面对这种可能性,先生,杀害昆恩的凶手就在您的眼皮底下工作;而且他可能就是您的副秘书——菲利普·奥格尔比。"


十分钟之后,刘易斯进来的时候,莫尔斯和巴特利特正在安排会议。巴特利特要给评审会所有成员打电话或者写信,请他们参加星期五上午十点的重要会议;他要强调会议极为重要,他们必须取消其他一切行程参会;毕竟,评审会有两位成员遇害,不是吗?


外面的走廊里,刘易斯对莫尔斯耳语了一句:"您说得对,长官。警报响了两分钟。诺克斯可以证明。"

"非常好。我觉得现在是行动的时候了,刘易斯。车在外面吗?"

"是的,长官。您要我跟您一起去吗?"

"不用。你先去车那里,我们马上就来。"他走过走廊,轻轻敲了敲门,然后走了进去。她就坐在写字台旁边签发信函,不过随即摘下眼镜,站了起来,亲切地笑了笑。"带我去喝酒还有点早,不是吗?"

"恐怕没机会了。车在外面——我觉得您最好穿上外套。"

＊　＊　＊

　　同一个星期三的早晨，屋里的人没有出门。送报男孩把《泰晤士报》塞进信箱里，在门口等了一会儿，发现今天早上没有赚钱的跑腿活儿可干；牛奶工送来一品脱牛奶；邮递员没有带来信件；没有访客。电话先前已经响过好几次，十二点又响了一次。响了四声；然后几乎紧接着再次响起，他又开始机械地数铃声的次数——二十八，二十九，三十。铃声停了，他对自己笑了笑。这真是聪明的办法。他们以前用过好几次。

　　外面的人还在等；不过现在满怀希望，因为他觉得估计的时间越来越近。下午四点二十分，他意识到房子后面有什么动静，一分钟之后，里面的人骑车冲了出来，迅速拐了个弯，不到五秒钟就消失得无影无踪。事情发生得太快，完全出乎意料。迪克森警官小声骂了两句，给总部打了电话，刘易斯警探显然不太高兴。

　　停车场今天还是很满，莫尔斯站在餐馆酒吧的窗户旁边。他想知道，如果一场暴风雪把所有车子埋没在白色的厚毯子下面会是怎样一幅景象；那样的话，每个困惑的司机都要记得停车的准确位置，然后径直走到那里——才能找到。就像莫尔斯从望远镜里再次找到自己车一样。不过他什么都没有看到，又过了半小时，下午五点一刻，他还是什么都没有看见。他只好放弃，开始跟检票员说话，发现鲁普毫无疑问并没有撒谎，他确实曾经通过检票口，而且十一月二十一日星期五那天确实搭乘了帕丁顿三点零五分发车的火车。

\* \* \*

　　第二天,十二月四日星期四早晨九点半,一直待在屋里的人刚从前门走出来,就被泰晤士河谷警察局刑事调查署的刘易斯警探和迪克森警官逮捕了。他被控共谋杀害尼古拉斯·昆恩和菲利普·奥格尔比。

## 28

案件现在告一段落，或者说基本如此。星期四下午两点半，刘易斯进来的时候，莫尔斯正把两只脚跷在写字台上，感到啤酒喝得稍微有些多，心里相当得意。"我找到他了，长官。把他从切沃尔学校的课堂上拖了出来——不过我找到他了。就像您说得一样。"

好，那是棺材上的最后一根钉——"他突然停住，"你看起来好像不大高兴，刘易斯。有什么问题？"

"我还是不理解到底是怎么回事。"

"刘易斯！你不是想破坏今天早晨我的小娱乐吧？"

刘易斯耸了耸肩，勉强表示同意，不过他感到自己就像刚从考场下来的考生一样，意识到自己本来可以做得更好。"我想您认为我不是很聪明，长官。"

"绝不是这样！这是个非常狡猾的罪犯，刘易斯。我只不过是有些走运而已，就是这样。"

"我觉得我错过了明显的线索——跟平时一样。"

"但是这些线索并不明显,我的老朋友。好吧,可能……"他把脚放了下来,点了根烟,"我告诉你我是怎样走上正轨的,好吗?现在想想看。首先,我觉得,整件案子里最重要的事实是昆恩的耳朵听不到。你要知道昆恩不仅听力有困难,其实他的耳聋非常严重。不过我们知道,他特别擅长读唇语;我非常确信,因为昆恩的唇语非常出色,他发现了一个惊人的事实,就是他的一个同事正在欺诈。你知道负责公共考试的工作人员对抗圣灵的真正罪过就是提前泄露试卷内容;昆恩发现他有一个同事正在这样做。但是,刘易斯,我没有考虑到比昆恩耳聋更为明显、更为重要的意义。想起来你就会觉得这一点听起来简单至极——其实连白痴都会比我更早发现这一点。就是这样。昆恩非常擅长读他人的唇语——对吗?其实他就像有耳朵一样。但是我们知道,他只能在看到别人的时候听到他们说的话。如果你看不到说话的人,读唇语就绝对没有用;比如说有人站在你背后,或者有人在外面的走廊里大叫楼里有炸弹。你明白我的意思吗,刘易斯?如果有人敲昆恩办公室的门,他什么都听不到。但是只要有人开门说点什么——他就没问题。对吗?然后记住这一点:昆恩听不到他看不到的东西。"

"我应该明白这些为什么重要吗,长官?"

"哦,是的。而且你会明白的,刘易斯,只要你想一想昆恩遇害的那个星期五。"

"那么他肯定是在星期五遇害的吗?"

"我觉得如果你催我,我可以在六十秒之内告诉你!"他好像对整个事情非常得意,刘易斯既想满足自己的好奇心,又不愿意继续满足长官膨胀的自我。可是他觉得自己最后好像抓住了真相……是的,当然。诺克斯说过……他点了几下头,最后好奇心占了上风。

"不过电影院里的事情都是怎么回事？都是转移注意？"

"当然不是。本来是要转移注意，但是事情的结果——从凶手的角度来看并不走运——给了我们一系列重要线索。只要想一想。我们开始了解的昆恩之死的细节好像在把他的死亡时间不断向前推：十二点二十分左右，他给布拉德福德的学校打了电话；他在办公室里给秘书留了便条，一点半左右去了二号录像室；四点三刻左右他回到办公室，然后开车回家；他给清洁工留了张便条，然后出去买东西了；五点十分有人听到他打电话；当然，六点半之前，除了埃文斯夫人之外没有人来见他，因为格林纳威夫人一直盯着车道。所以呢？所以昆恩肯定是当天晚些时候遇害的，甚至可能是第二天早晨。医学报告没帮上什么忙，我们别无选择，只得凭直觉——我们就是这样做的。但是如果你把所有证据放到一起，其实星期五中午过后，就没有人见过昆恩。打电话到布拉德福德。如果是你是中学老师——评审会所有员工以前都教过书——你就知道十二点二十分是一整天中打电话找中学教师最不巧的时间。一些学校可能提早下课，但是大部分都没有。换句话说，打电话完全没有希望能够打通。就是说，除非目的是误导我——这种做法恐怕非常成功。现在看看昆恩留下的字条。我们知道巴特利特对于办公室大多数日常事务极为严格；他的一条规定是他的助理秘书出去的时候必须留下便条。昆恩已经在评审会工作了三个月，是个认真的年轻人，非常想取悦自己的上司，那段时间他肯定留过十几张小便条；任何人，只要他愿意，都可以找一张，特别是有人需要一张便条来支持不在场证明的时候。有人这样做了。还有格林纳威夫人听到的那个电话。但是还要注意，她其实没有看到他打电话。她紧张而焦虑；她觉得自己就要临产了，现在她最不愿意做的事情就是偷听电话。她只想对方赶紧挂电话！听到声音的时候，她并不想听他们在说什么——她只想他们赶紧结束。如果对方——她认为昆恩打电话的那个人——当时说了大部分话……你明白我在指鲁普的什么吗，刘易斯？如果鲁普在说话——不时插上一句'是的'、'不是'之类——格林纳威夫人说过自己听得不太清楚，自然会认为那是昆恩。昆恩和鲁普都是布拉德福德人，说话都有明显的北方口音，格林纳威夫人只能清楚地记得其中一个声音有点文雅，有学究气。这不能帮我们什么，我同意。至多可以告诉我们不是昆恩在和鲁普打电话。不过我知道，刘易斯，因为有人在昆恩的前厅里说话的时候，昆恩已经死去好几个小时了。"

"他有点走运，格林纳威夫人没有——"

莫尔斯点了点头。"是的。但是运气并不总是在他一边。别忘了埃文斯夫人——"

"您解释过可能发生的情况，长官。就是二号录像室的情况我无法理解。"

"并不奇怪。所有人都在这件事情上对我们撒了谎。不过我可以给你一两条线索。马丁和莫妮卡·海特星期五下午决定去看电影，但是他们非常愚蠢，居然试图改变自己的不在场证明——把好的不在场证明换成坏的。只要问问自己为什么，刘易斯。我能想到的唯一说得过去的理由是他们肯定看到了什么——或是其中有人看到了什么——只是他们不打算说。现在我觉得莫妮卡至少在这一点上准备告诉我真相——全部真相。我问她有没有看到别人进去，她说没看到。"莫尔斯微微笑了笑，"你现在明白我的意思吗？"

"没有，长官。"

"继续想，刘易斯！你知道，不论那个星期五下午发生了什么，马丁和莫妮卡都把电影看完了。你理解吗？不管有什么让他们不舒服的事——或者，就像我说的，让他们其中一个不舒服——都没有让他们离开电影院。我还要继续吗？"

他还要继续吗！啊！刘易斯比之前更加迷茫，不过他的好奇心让他不得安宁。"那么奥格尔比呢？"

"啊。我们就要讲到了。奥格尔比对我撒了谎，刘易斯。他对我撒了一两个狡猾的谎。但是奥格尔比说出的大部分都是实情。我审问他的时候你在场，刘易斯，如果你想知道一些实情，只要翻翻你的记录。你会发现他说过一些很非常有趣的东西。比如，你会发现他说那个星期五下午他在办公室。"

"您也觉得他在？"

"我知道他在。他只是必须在，你明白。"

"哦。"刘易斯说道，他完全不明白，"然后他也去了二号录像室，我想是的？"

莫尔斯点了点头。"后来去的，没错。不要忘了他仔细地描了另一张电影票——昆恩口袋里发现的那张票。现在。你有一个难题，刘易斯：奥格尔比什么时候为什么要这样做，嗯？"

"我不知道，长官。我越想越糊涂。"

莫尔斯站起身，走到房间对面。"你想的时候会发现很简单，刘易斯。只要问自己一个问题：他为什么不拿电影票？他肯定见过，肯定拿在手里过。只有一个答案，不是吗？"

刘易斯满怀希望地点了点头，莫尔斯（谢天谢地！）继续说道。

"是的。奥格尔比没想找到电影票，不过他找到了，他知道这票被放在那里肯定有重要目的，刘易斯，而且他知道自己必须把票放回原处。"

电话铃响了，莫尔斯拿起电话，说他马上就到。"你最好一起来，刘易斯。他的律师来了。"两人朝囚禁室走去的时候,莫尔斯问刘易斯是否知道胰岛在哪里。

"听起来有点耳熟,长官,是在波罗的海吗?"

"不,不是。在胰腺里——如果你知道胰腺在哪里。"

"其实我知道,长官。胰腺是很大的腺体,分泌物流入十二指肠。"

莫尔斯赞赏地扬了扬眉。其中一道对着刘易斯。

# 29

莫尔斯看到星期四夜校学员的耳朵里插着各种助听器，既有私人的，也有国家卫生事业配发的，他提醒自己，这个学期的前几周里，昆恩就坐在这些同学中间，分享神秘与无声的表达。总共有八个学生，在老师面前坐成一排，莫尔斯坐在教室后面，感到自己在看没有声音的电视屏幕。老师在讲话，因为她的嘴唇在动，而且做出说话的自然手势。不过没有声音。莫尔斯设法摆脱自己是否突然耳聋的怀疑之后，他更加细致地观察起老师的嘴唇，尽力辨认她口中的话。教室里不时有学生举手，提出无声的问题，然后老师会在黑板上写下单词。好像最难的词——学生弄不懂的词——经常是以 p、b 或是 m 开头；其次是 t、d 或是 n。读唇语显然是非常高端的技能。

下课之后，莫尔斯感谢老师允许他听课，然后告诉她昆恩的事情。看来他在这里也是优秀学生，得知他遇害，全班同学都非常悲恸。没错，他的耳聋确实非常严重——不过别人体会不到；就是说，除非你体验过这些事情。

铃声响彻整幢大楼。现在是晚上九点,是大家离开教室的时间。

"他能听到铃声吗?"莫尔斯问道。

但是老师正好转过身去在点名册里做记号。铃声还在响。"昆恩能听到那个吗?"莫尔斯又问了一遍。

但是她还是没有听到,莫尔斯这才知道了真相。她最后再次抬起头的时候,他又把问题重复了一遍。"昆恩能听到铃声吗?"

"昆恩能听到他们吗,您是说?抱歉,我没有听懂——"

"听—到—铃—声。"莫尔斯做出嘴形,动作夸张得可笑。

"哦,铃声。打铃了吗?恐怕我们这些人永远都听不到。"


隆斯戴尔学院的星期四是来宾之夜,喝了几杯餐后葡萄酒之后,评审会主任认定自己最好先回办公室。虽然很不情愿,他也只能重新安排星期五早晨的行程,因为在自己的工作里面,他比较喜欢的还是面试考生。他在方形庭院里踱着步,心里闷闷不乐,不知道评审会的会议要开多久,不知道汤姆·巴特利特为什么这样坚持。不管怎样,事情都在失控。他年纪太大,不再适合这个岗位,而且他希望一年之后退休。有一点毋庸置疑:他根本处理不了前两个星期里的那些事情。

他翻了翻写字台上那堆大学统一招生委员会表格,读着那些校长套在学生头上的溢美之词,他们拼命想让自己的学校在牛津剑桥排名表上前进几位。这些校长哪里知道这样胡言乱语其实只能帮倒忙!在第一份表格里,他读到某位女校长给一位年轻姑娘的评语,迫不及待想要获得隆斯戴尔学院为女学生保留的名额。那个姑娘是(当然!)年级里最优秀的学生,获得过一柜子的奖项;主任读到女校长在"性格"一栏里的评价:"魅力不凡,当然是活泼的姑娘,具有顽皮的幽默感,逗趣俏皮。"主任微微笑了笑。这样的话!这些年来,他已经编成了自己的同义词小词库:

魅力不凡 = 外表吓人

活泼好动 = 经常喝醉

顽皮 = 行为出格

逗趣 = 绝对粗鲁

啊,好吧。可能她根本不是这种糟糕的考生!不过他本人不会去面试她。该死的评审会!要是能再验证自己的小理论,肯定很有意思。人们很多时候想要留下完全不同于真实自我的印象,这其实不难。微笑的脸和硬如磐石的心!反过来也是:绷得硬如磐石的脸,还有⋯⋯主任的脑海里浮现出模糊的记忆。莫尔斯高级探长提起过类似的东西,不是吗?但是主任想不起是什么。没关系。不是非常重要。

八点钟,巴特利特接到了马丁夫人的电话。他知道唐纳德在哪里吗?他是不是在开会?她知道他有时候得工作到很晚,但是他从来没有这么晚还不回家。巴特利特尽量制造合适的噪声;说不要担心;说他会给她回电话;说肯定有很简单的原因。

"哦,天哪!"他放下电话,说道。

"怎么了,汤姆?"巴特利特夫人走到客厅里,急切地看着他。

他温柔地握住她的手,疲倦地笑着。"我要告诉你多少次?你不该偷听我的电话。你有足够多——"

"我从来没有。你知道,汤姆。但是——"

"好吧。不是你的问题,是我的问题。这就是他们付钱让我做的事,不是吗?我不能指望拿着高工资而无所事事,不是吗?"

巴特利特夫人温柔地把手臂搭在他的肩上。"我不知道他们付你多少钱,我也不想知道。就算他们给你一百万也不多!但是——"她很担忧,秘书也知道。

"我知道。世界好像突然变得很疯狂,不是吗?刚才是马丁夫人。他还没有回家。"

"哦,不!"

"好啦,好啦。不要开始乱下愚蠢的结论。"

"你不会觉得——"

"你去坐着,给自己倒一杯杜松子酒。给我也倒一杯。我马上就来。"他找到莫妮卡的号码拨了过去。就像昨天的某个人一样,他机械地数着拨号音。十,二十,二十五。萨莉肯定也不在家。他又让铃声响了几下,然后慢慢放下话筒。评审会好像就在全面崩盘的边缘。

他回想起自己辛勤工作创建评审会的岁月。不知为什么,某一时刻,基础开始偏移,地表建筑出现裂痕。他几乎可以算出精确时间:就是鲁普当选为评审员之后。是的。就是那时候开始崩塌的。鲁普!秘书先生迟疑地在电话旁边站了几分钟,知道自己巴不得宰了那家伙。他拨通了莫尔斯在泰晤士河谷警察局总部的电话,不过莫尔斯也不在。不是什么要紧的事,明天早晨再跟他谈也可以。

# 30

九点四十五分,塞特夫人到了办公楼,走到楼上董事会议室里。她是评审员里最先到的,坐下之后,她的思绪回到了过去……回到上次她坐在那里的时候,当时她想到自己的父亲……鲁普在讲话……昆恩被聘用……会议室里渐渐坐满了人,她回应了几句无声的"早上好";不过气氛非常阴郁,其他评审员都静静地坐着,让自己的思绪回到过去,就像她一样。有时候会有一两个毕业生员工参加评审员会议,但只能应邀参加;今天早晨只有巴特利特,他愁眉苦脸的样子正好能反映共同的情绪。巴特利特旁边坐着一个人,不过她不认识。肯定是警察局来的。长相和蔼的人,跟她年纪相仿——四十五六岁,五十岁不到的光景,有点谢顶,眼神亲切,不过看着你的时候好像也能看穿你的内心。还有一个人——可能是另一位警官;不过他客气地站在魔环之外,手里拿着笔记本。

十点零二分,除了一个座位以外,其他座位上都坐了人,巴特利特起身，用悲伤而失望的语气告诉大家，警方怀疑——他自己也怀疑——有一两个人辜负了评审会对他们的完全信任，由于他们的犯罪行为，评审会外国考试的公正性已被无法弥补地毁坏；莫尔斯高级探长（"我右边这位"）认为，昆恩和奥格尔比的死都与这件事直接相关；规模较小的秋季考试顺利完成之后，评审会的工作需要暂时搁置，直到调查彻底结束；解散评审会的可能性影响深远，评审会所有成员的全力配合至关重要。不过这些事情可以暂缓，今天早晨的会议不太一样，就像他们将会看到的一样。

主任感谢秘书之后，开始补充自己对评审会未来的悲观想法；他冗长乏味地哼哼哈哈着，听众显然越来越不耐烦。桌子旁边的人都在窃窃私语："有一两个，巴特利特是这样说的吗？""你怎么想？""这里为什么会有警察？""他们是警察，不是吗？"

主任终于讲完了，窃窃私语也结束了。真是自然顺序的奇异颠覆，塞特夫人觉得这些事情都和坐在巴特利特右边的那个人有关，他一直面无表情地坐在椅子上，不时用左手食指摩挲着鼻翼。她看到巴特利特转向莫尔斯，疑惑地看着他；然后她看到莫尔斯微微点头，慢慢站了起来。

"女士们，先生们。我请秘书召集这次会议，是因为我觉得大家都应该了解我们发现的考卷从办公室泄露的事情。好吧，你们已经听说了这件事，我觉得，"（他茫然地看了看主任，然后看了看巴特利特，）"我觉得，我们可以说会议到此正式结束，如果各位还有什么要紧事，完全可以离开。"他用冷峻的灰眼睛环顾会议桌，感到屋里的气氛紧绷。没有人动一下，寂静是这样深邃。"不过可能也应该——"莫尔斯接着说道，"让大家知道警方调查昆恩先生和奥格尔比先生之死的情况，我肯定大家都会乐意知道案件调查已经结束——或者基本结束。

用我们正式的术语来说,女士们先生们,有人已经被捕,正在因为涉嫌谋杀昆恩和奥格尔比而接受审讯。"

只有刘易斯把笔记本翻过一页的沙沙声打破了房间里的寂静。莫尔斯是房间的中心,所有人聚精会神地听着他说的每一个字。"你们知道,或者说大部分人知道,上星期一,你们的一位同事,克里斯托弗·鲁普先生因为涉嫌谋杀而被拘留。我觉得你们可能也知道,他很快就被释放了。控告他的证据好像并不充分,无法继续关押,所有证据好像都能说明,十一月二十一日星期五的那段时间内,他有完美的不在场证据,而警方觉得昆恩肯定是在那段时间里遇害的。但是我必须告诉各位,现在没有任何一丝疑虑,鲁普就是那个出卖评审会灵魂的人——肯定有贾马拉,而且我知道还涉嫌其他几个海外中心。"几位评审员倒吸一口凉气,几位微微张着嘴,但是他们的眼睛一刻也没有从莫尔斯身上离开。"还有,女士们先生们,他在这些事情里的主要共犯就是你们以前的同事,乔治·布兰德先生。"桌子边又是一片混杂的惊讶和震惊,不过还隐含着静寂和期待。"整个案件水落石出是靠一个人的警觉和正直——尼古拉斯·昆恩。现在,昆恩先生究竟是什么时候发现的,我们可能永远无从得知;但是我猜测,可能是在贾马拉官员的接待会上,觥筹交错之间,有些罪犯不够警惕,昆恩清楚地读出了他们的唇语,就像是他们在用扩音器喊叫一样。我相信,昆恩发现他们罪行的直接结果就是他被人杀害了——为了让他闭嘴,确保那些背叛公众信任的罪犯能继续从海外同伙那里收到报酬——无疑是丰厚的报酬。另外,除了告诉罪犯他知道了什么,或者至少强烈怀疑什么之外,昆恩还告诉过别人:他坚信这个人绝对不会跟这桩无耻勾当有任何瓜葛。这个人就是菲利普·奥格尔比。证据表明,接待会上,昆恩喝得太多了,他离开的时候,奥格尔比跟了出去。这也是我的猜测。但是我觉得奥格尔比很可能追上了昆恩，告诉他，他醉成这样还要自己开车回家非常愚蠢。他可能提出自己开车送他回家，我不知道。但几乎可以肯定的是，昆恩告诉了奥格尔比自己知道的事。现在，如果奥格尔比自己也牵涉了进去，昆恩遇害一案很多想不通的地方就开始变得清楚。昆恩的所有同事之中，只有奥格尔比在星期五下午的关键时间没有不在场证明。午饭之后，他回到办公室，整个下午都在那里——至少他是这样说的。不管是谁杀害了昆恩，上午晚些时候和四点半到五点之间，他必须都在办公室；如果办公室里有一个人是杀害昆恩的凶手，那么只有一个真正的嫌疑犯——奥格尔比，就是昆恩向他吐露秘密的那个人。

桌边有人轻声耳语，有一两个评审员在椅子上不安地扭动；不过莫尔斯继续说话，仿佛一位指挥家在台上挥舞着指挥棒。

"我问奥格尔比星期五下午在哪里的时候，他对我撒了谎。我回顾了他提供的证据，因为我的这位警探——"几个人转过头，刘易斯羞怯地接受自己的光荣时刻——"当时做了完整记录，现在我可以发现奥格尔比在哪里撒了谎——必须在哪里撒谎。比如，他坚称自己下午四点半左右在办公室，可是鲁普先生和勤杂工诺克斯先生都绝对肯定他不在。现在我觉得这一点非常奇怪。奥格尔比好像在证明自己有罪的一点上对我撒谎。为什么？他为什么说自己整个下午都在？他为什么要用绞索套住自己的脖子？这个问题不容易回答，我同意。不过肯定有答案；非常简单的答案：奥格尔比没有撒谎。至少在这一点上，他说了真话。他确实在这里，虽然鲁普和诺克斯都没看到他。我回顾他的证词的时候，开始问自己一些表面看上去明显是谎言的话是否其实并不是谎言。因此，我逐渐开始明白那个星期五下午究竟发生了什么，而且意识到奥格尔比根本没有谋杀尼古拉斯·昆恩。事实就是因为奥格尔比十一月二十一日星期五下午在办公室里,他知道谁杀害了昆恩;因为他知道,所以他自己也遇害了。为什么奥格尔比没有把自己几乎肯定的怀疑告诉我,我永远也不会知道。我觉得我可以猜测,但是……不管怎样,我们都可以庆幸,凶手已经被捕,现在被关押在警察局总部。他已经彻底坦白。"莫尔斯突然指向那张空椅,"我相信那是他通常坐的位置。没错,女士们先生们,就是你们的同事,克里斯托弗·鲁普。"

房间里一片嘈杂,塞特夫人静静地哭泣。不过屋里的喧哗还没有退去之前,又上演了一幕高潮戏。贵宾席边的低声耳语过后,副主任请大家允许他简短发言,莫尔斯坐了下来,开始心不在焉地在面前的记事簿上乱画。

"我希望高级探长可以原谅我,但是我希望能澄清一点。如果我理解得没错,探长说无论是谁杀害了昆恩,早晨和傍晚他都必须在评审会大楼里?"

莫尔斯立刻回答。"您理解得没错,先生。我现在不想深入案件细节;不过昆恩是星期五中午十二点左右遇害的——不,我可以对您再坦白一些——就是二十一号星期五的十二点;下午四点三刻左右,他的尸体被人从这幢楼里运走,就放在了他自己车子的后备箱里。这样说您满意吗,先生?"

副主任尴尬地咳了几声,看上去异常窘迫。"呃,不,高级探长。恐怕不是这样。您知道,那个星期五上午我去了伦敦,我搭乘三点零五分的车返回牛津,大概四点十五分或者二十分的时候到了这里;而且其实鲁普在同一列火车上。"

这条新证据让大家都惊呆了,莫尔斯缓缓地轻声说道:"您是说,您和他一起回来的?"

"呃,不,不是这样。我,呃,我走过月台的时候,看到鲁普进了一等车厢,我没有叫他,因为我坐的是二等车厢。"副主任发现不需要继续解释真相,感到非常欣慰。即使他有一等车票,他也宁可坐二等车厢,而不是跟鲁普坐在一起。他一直讨厌鲁普。现在他居然要帮鲁普澄清谋杀的指控,这真是命运的讽刺!

"我希望——"莫尔斯说,"您可以提早告诉我,先生——当然不是说——"(他伸出手,避免任何误会。)"您可能知道。不过您说得并不奇怪,先生。您明白,我知道鲁普在帕丁顿搭乘了三点五分的车。"

几位评审员面面相觑,房间里弥漫着困惑的气氛。巴特利特自己把他们心里的问题说了出来。"不过几分钟之前您还说——"

"不,先生。"莫尔斯打断了他,"我知道您要说什么,而且您是错的。我说过,杀害昆恩的人两个关键时间必须在这幢楼里,这一点确定无疑。我要重复的是,想把这种邪恶而狡猾的计划付诸实施,一个人是无法做到的。"他缓缓环顾房间,评审员们慢慢开始理解他的话的全部含义。塞特夫人觉得,他的声音现在好像非常平静,非常遥远;不过同时响亮而紧张,好像谜底最终就要揭开一样。她看到莫尔斯朝着她的另一侧点了点头,她微微侧身,看到刘易斯警探轻轻走到门口,离开了会议室。什么——?不过莫尔斯又开始说话,声音仍旧平静而强硬。

"就像我说的,我们必须接受这个不容置疑的事实,一个人光靠自己不可能这样杀害昆恩。因此,女士们先生们,由此必然可以推论:我们在找两个人。两个人有相同的动机;昆恩的死对这两个人都至关重要;两个人的关系极为密切,可以在一起谋划;这两个人你们都很熟悉——非常熟悉……刘易斯警探回来之前,我要再强调一点,因为我觉得你们中有人没有仔细听我说的话。我说鲁普被捕了,被指控谋杀罪，但是我没说谋杀谁。其实我非常确信一件事——克里斯托弗·鲁普没有谋杀尼古拉斯·昆恩。

昆恩以前的办公室里，莫妮卡·海特和唐纳德·马丁没有交谈，虽然两位警官把他们带到这里已经有半个多小时了。莫妮卡感觉自己正在穿过荒凉的不毛之地，她的思维，她的情感，甚至她的恐惧，都已经被榨干——冷漠而空虚。刚开始的几分钟，她注意到一个警官盯着她的身材；不过这次她完全不在乎。她以为莫尔斯猜不到，真是愚蠢！好像没有什么能逃过那个极为清晰的头脑……是的，他猜到了真相，虽然她不理解他怎样识破了自己的故事。真的很可笑。那根本不是什么弥天大谎。不像她和唐纳德开始撒的那个愚蠢到家的谎，唐纳德！他就坐在她旁边，现在看上去真不像个男人：哭丧着脸，一言不发，让人瞧不起，跟她一样无可救药，因为他也没什么机会。很快就要真相大白——全部真相。法庭、报纸……有一瞬间，她对他感到一丝怜悯，因为毕竟是她的错——不是他的。自他上任那天起，她就知道，本能地知道，自己可以对他为所欲为……

门开了，刘易斯走了进来。"您能跟我过来吗，海特小姐？"

她慢慢站了起来，走上木质楼梯。会议室的门关着，刘易斯把门打开，站在旁边让她进去，她迟疑了几秒钟。良心的负担已经变得无法承受。是啊，终于可以解脱了。

塞特夫人身后的门开了，她回过头去看。探长刚才在讲沃尔顿路的二号录像室；不过她的头脑正在变得麻木，几乎跟不上他说的话。

她听到一个男人轻声说:"您先走,海特小姐。"莫妮卡·海特!上帝啊,不!不可能。莫妮卡·海特和马丁!她当然听过流言。大家肯定都听过流言,但是……莫妮卡现在坐在鲁普的位置上。鲁普的位置!莫尔斯是说鲁普和莫妮卡?他说过两个人……不过莫尔斯又开始说话。

"海特小姐。我先前就本案询问过您,您当时说十一月二十一日星期五下午您和马丁先生在一起。对吗?"

"是的。"她的声音几乎听不到。

"您说那天下午,您一直在家?"

"是的。"

"您后来承认这不是真话?"

"是的。"

"您说那天下午,您和马丁先生实际上是在沃尔顿路上的二号录像室?"

"是的。"

"我以前就这一点问过您,我问的是除了马丁先生之外,您在电影院有没有见到任何您认识的人。您记得吗?"

"是的,我记得。"

"您的答案是您没有见到。"

"是的,这是实话。"

"我随后问您,您有没有见到您认识的人走进电影院,对吗?"

"是的。"

"您说'没有'。"

"是的。"

"您现在还坚持这样说吗?"

"是的。"

"您看了一部叫《色情女郎》的电影?"

"是的。"

"您一直跟马丁先生在一起,直到电影结束?"

"电影结束之前几分钟,我们就离开了。"

"海特小姐,我可以把之前的问题换个角度问吗?这个问题可能同尼古拉斯·昆恩遇害一案联系极为紧密。"

"是的。"

"问题不是'您看到谁走进电影院了?',而是'您看到谁走出来了?'"

"是的。"

"您确实看到了什么人?"

"是的。"

"您能认出您那天看到走出二号录像室的那个人吗?"

"能。"

"那个人现在房间里吗?"

"在。"

"你能告诉我们那个人是谁吗?"

莫妮卡·海特抬起手臂,指明方向。就像磁针指着磁极,渐渐在正确的方向上稳定。塞特夫人起先觉得她的胳膊直接指向莫尔斯本人。但是这不可能啊。然后她再次看准那根责难的手指,她简直不敢相信自己的眼睛。她又顺着手指看去,还是找到了相同的方向。哦,不。不可能,真的?莫妮卡的手指直接指着一个人——评审会秘书。

## 31

刘易斯（说来奇怪）没有一直蒙在鼓里。是刘易斯轮流执勤，监视鲁普的家。是刘易斯看到鲁普离开家，慢慢走到火车站的停车场。是刘易斯跟踪卖报男孩，发现了鲁普写的加急便条收信人的地址。是刘易斯把莫尔斯喊到火车站餐馆，跟他一起看到两个人坐在火车站停车场最远端一辆深棕色范登普拉斯前排座位上的壮观景象。是刘易斯昨天早晨最后一次行动，逮捕了鲁普。不过刘易斯虽然没有一直蒙在鼓里，但他也没有完全明白；那天下午晚些时候，他很庆幸有机会把一些事情弄清楚。

"是什么让您想到巴特利特的，长官？"

莫尔斯舒展地靠在黑色皮椅上，告诉了他。"我们很早就知道，刘易斯，巴特利特和鲁普之间有些敌意；我一直问自己为什么。情况渐渐明朗：我一直在问错误的问题——其实不是问题。他们两个人根本没有敌意，虽然看起来有。两人在贾马拉这件事上秘密勾结，不管发生什么,他们都渴望外界不要对他们的共谋起一点疑心。这做起来不难。只要到处假装敌对;有时候在其他评审员面前争吵一下;最佳的机会就是聘用布兰德继任者的时候。他们计划了整个事情。他们并不在乎谁当选;重要的是他们应该争论,公开、激烈地争论。因此,巴特利特走一条路的时候,鲁普就走另一条。就这么简单。如果巴特利特支持昆恩,鲁普就反对昆恩。"莫尔斯的额头稍微皱了皱,不过几乎立刻消散了,"事情进展顺利。其他评审员都为他们的年轻同事鲁普和他们尊敬的秘书巴特利特之间的敌意感到非常尴尬。但这就是他们要的效果。没有人会相信这两人有任何共同点。没有人。他们当初培养的敌对关系只是为了掩护两人同酋长国的肮脏交易;不过后来昆恩发现了他们的秘密,他们都想除掉昆恩。你明白我的意思吗?"

"是的,我懂。"刘易斯缓缓地说,"不过所有人之中,究竟为什么是巴特利特同意——"

"我知道你的意思。我肯定,如果事情正常发展,他永远不会试图牺牲考试委员会来装满自己的口袋。但是他只有一个孩子理查德,这个年轻人的前途本来一片光明,自豪的父母对他寄予厚望。突然,整个世界在巴特利特家的面前崩塌。理查德学习太勤奋,期望太高,所有事情都出了问题。他的精神崩溃,去了医院。他从医院出来的时候,巴特利特家显然必须面对这个棘手的问题。他看了一个又一个专家,一个又一个咨询师——答案总是一样:经过长期治疗,他可能恢复健康。你自己查到过,刘易斯,过去五年里,理查德·巴特利特去过欧洲最高级、最昂贵的精神诊所:日内瓦、维也纳、伦敦,天知道还有什么地方。不要忘了,这些不是免费的。肯定花了巴特利特几千英镑,我觉得他没有这么多钱。他的工资虽然不低,但是——好吧,鲁普肯定知道这些,不管是怎样发生的,两个人达成了协议。原先是布兰德和鲁普,我觉得是。不过布兰德决定去找更大的金矿,如果鲁普还想让鹅下金蛋,就得找评审会里的什么人。我不知道他们究竟是怎样操作,但是——"

"您知道巴特利特究竟是怎样杀害昆恩的吗,长官?"

"嗯,不太清楚。但是我有不错的想法,因为这是瞒天过海的唯一方式。只要想一想。你有一剂药,足量的氰化物。鲁普负责这件事。现在,服用大剂量的氰化物之后,死神几乎立刻降临,因此杀害昆恩没有什么问题。我觉得巴特利特把他叫到办公室里,建议一起喝杯酒。他知道昆恩非常喜欢雪利酒,告诉他给自己倒一杯——可能同时也给巴特利特倒一杯。他肯定事先擦过雪利酒瓶和玻璃杯,因此——"

"不过昆恩闻不出氰化物吗?"

"通常情况下他可能会闻到,不过巴特利特几乎把自己的行动精确到秒。那天早晨的所有事情都极为精密地安排在接下来的几分钟里。"

"您是说消防演习。"

"是的。诺克斯接到指令,要在中午十二点整拉响警报器,而且他肯定受到嘱咐,要等老板的信号。因此,发生了什么?昆恩倒雪利酒的时候,巴特利特拿起电话,可能背对着昆恩,说:'好了,诺克斯。'一两秒之后,警报响了。但是这就是关键,刘易斯。昆恩听不到警报。警铃就在门厅里,虽然别人都能清楚地听到,但是昆恩不行;这就给了巴特利特需要的余地。昆恩倒完雪利,等到时机完全成熟,他是不是说了类似的话:'火警!我都忘了。快把那喝了,我们以后再谈。'昆恩肯定一口喝了杯子里至少一半的酒,他肯定立刻明白出了严重问题。他的呼吸变得困难,突然剧烈地抽搐。一分钟,至多两分钟,他就死了。"

"可是他为什么不喊救命。肯定——?"

"啊!我想你还是没有明白巴特利特极端精细的计划。外面在发生什么？消防演习！就像你调查出来的，诺克斯接到指令要让警铃响两分钟。两分钟！那是很长的时间，刘易斯，当时所有人都在楼梯上和走道里喧哗。可能巴特利特确保昆恩不会呼救；但是即便他真的呼救，我想也不会有人听到。不要忘了！没有人会去巴特利特的办公室。外面亮着红灯，没有员工会违背严格的规定。即使一切都出了错，刘易斯，即使有人进来——虽然我觉得巴特利特会锁上门——昆恩的指纹留在酒瓶上和杯子上，警方调查就会集中在谁在巴特利特的雪利酒里下毒这个基本问题上——可能是要毒死巴特利特，而不是昆恩。不管怎样，昆恩死了，整幢大楼现在空无一人。巴特利特戴上手套，把自己杯里的雪利酒和昆恩杯里剩下的一起倒进私人盥洗间的水槽里——记得吗，刘易斯？——然后把雪利酒瓶和昆恩的玻璃杯锁进公文包里。目前为止一切顺利。昆恩体重比较轻，巴特利特可以把他扛在肩上，或者把他放到他们那里用来装垃圾的大塑料袋里，然后在光滑的地板上拖走。可能他是扛着尸体，因为昆恩身上没有发现抓伤或者擦伤。不过无论他是怎么做的，到后门只有几码，昆恩的停车位就在门口。巴特利特已经从昆恩的口袋里拿走了他的车钥匙和家门钥匙——或者是从他的塑料雨衣里拿的——把尸体和公文包放在后备箱里锁好，万事大吉。"

"我们应该检查一下后备箱，我觉得，长官。"

"我检查过。根本没有昆恩尸体的痕迹。所以我觉得巴特利特可能用了某种袋子。"

"然后他就去找其他员工——"

莫尔斯点了点头。"温顺地站在外面的寒风里，没错。他拿过名单，三十多名固定员工那时候已经传过了名单，他给自己和昆恩打上钩，表示在场，最后认定所有人都到齐了。"

"是巴特利特给布兰德福德的学校打了电话？"

"当然。毫无疑问,他一直在做能够误导警方调查的事情,那个星期的前几天里,他肯定看到了登记处昆恩发文篮里的那封信。如果你记得的话,信的邮戳是十一月十七日星期一。"

"然后他回家吃了一顿丰盛的午餐。"

"我不这样想。"莫尔斯说,"巴特利特非常聪明,不过他不像鲁普那样心狠手辣。不管怎样,他心里还有很多事情。当然,计划里棘手的那一半已经解决,不过还没有彻底完成。他肯定一点十分左右就离开了家,告诉妻子——完全正确——自己去班布里开会之前要去办公室。不过在那之前——"

"他去了二号录像室。"

"是的。巴特利特买了票,检票之后,问引座员'洗手间'在哪里,他在那里等了几分钟,趁售票处的姑娘忙着接待一两个顾客的时候溜了出去。不过之后事情开始出错。巴特利特没有看到莫妮卡·海特——我敢肯定。不过她看到他从二号录像室里出来。莫妮卡和唐纳德·马丁想整个下午待在一起。他们不能去她家,因为她的女儿放学回家了;他们也不能去他家,因为他的妻子一直在那里;他们可以开车出去逛逛,可是那个十一月的下午下着雨,这种提议不太浪漫。因此他们决定去看电影。不过不能有人看到他们一起进去;因此开门之后不久,马丁早早就到了,买了一张后厅座位的票,坐在那里等。莫妮卡应该几分钟之后到,他睁大眼睛,看着进来的每一个人。现在想清楚这件事,刘易斯。如果昆恩那天下午去了二号录像室,马丁肯定会看到他。他也能看到巴特利特。如果看到了他们其中一个,他就不会待在那里。他会立刻离开,在外面谨慎地等待莫妮卡,告诉她这个坏消息。但是他没有这样做!现在,试着从莫妮卡的角度来看。我们询问她——还有马丁的时候——有一件事很明显:他们看过电影;如果评审会的任何同事进来了,他们肯定都不会看。只有一个解释:莫妮卡看到了什么,根据她后来了解的事情,这件事情深深地困扰着她。不过无论是什么事,都并没有阻止她走进电影院跟马丁碰头,对吗?我们只能得出一个结论:她看到有人出来。那个人就是巴特利特!他回到评审会,拿着电影票。可是他要放在哪里?他可以放在昆恩的房间里,因为他还要进去给玛格丽特·弗里曼留便条,还要打开文件柜。巴特利特有些粗心,如果你仔细想想……"莫尔斯摇了摇头,好像有一只苍蝇停在了渐秃的头顶。不过无论他担心什么,他都没有再管。"只要记住这些都要事先仔细安排好,从这里开始,事情的安排要方便鲁普,而不是巴特利特。鲁普准时为自己找好了到傍晚之前滴水不漏的不在场证明,不过现在他需要一些可靠的理由造访评审会。他不可能知道——巴特利特也是——毕业生员工不在那里;因此他安排在巴特利特的办公室里放一些文件。你明白,如果附近有人,他就没有多少理由去昆恩的办公室里乱翻。他当然得晚点再去,拿上塑料雨衣;不过那时他必须已经熟悉地形,可以凭记忆行动。所以他们两人决定,电影票和昆恩的钥匙要仔细藏在巴特利特办公桌的某个地方,或者藏在一个抽屉里,嗯?下面发生了什么?鲁普敲了敲巴特利特的门,没有回应,就快步走了进去,放下文件,拿上电影票和钥匙。轻而易举。原先的计划肯定是让他在什么地方待一会儿,可能是后面的树旁边。等到其他毕业生员工下班之后,他只要从后门溜进来,从昆恩的办公室里拿上塑料雨衣,开着昆恩的车子离开就可以了。不过事情比他预想得简单。诺克斯确实是没有料到的麻烦,不过事情的结果是他帮了很大的忙。诺克斯能证明那天下午没有毕业生员工在办公室里。他告诉鲁普自己要上楼喝杯茶的时候,海岸线就一目了然了——比他预料的提早半个小时左右结束。"

"而从那儿开始之后的事情肯定跟您之前说过得差不多。"

"除了一件事。我们第一次把鲁普抓来的时候,我提出是他把昆恩写字台上的字条放进了自己的口袋,但是我觉得他没有这样做。否则,他发现埃文斯夫人还要回来这条惊人消息的时候,我想不出他有任何理由给巴特利特打电话。我觉得这是最糟糕的时刻,鲁普几乎手忙脚乱。外面下着倾盆大雨,他不能把尸体扔在那里,然后跑掉。格林纳威夫人——他肯定看到她了——就坐在楼上的房间里,拉开窗帘看着下面,把昆恩的尸体运出去只有一条路,就是车库前门。他只能等,可是不能在那里等。他给巴特利特打电话的时候肯定感到绝望;不过巴特利特想出了好主意——昆恩写字台上的便条!这真是天赐良机,但是,天哪,他们现在需要一点运气。巴特利特刚从班布里回来,不过他几乎立刻又开车离开,到评审会拿上便条,按照计划在派恩伍德巷后面的商店区与鲁普碰头,鲁普已经在那里买了东西。我觉得巴特利特肯定花了至少二十分钟,但是他们还有时间——刚好。鲁普回到昆恩家,脱下沾满污泥的靴子,把便条留在那里——然后又出去了。他肯定浑身湿透;不过想想他巨大的解脱,他等待观望,先看到埃文斯夫人来了又走了,然后几乎像是奇迹,一辆救护车停了下来,把格林纳威夫人送到了妇产医院。当时房子里漆黑一片;周围没有人;路灯坏了;可以升起最后一幕的幕布了。他把昆恩的尸体由后门扛进屋子里,放在客厅椅子旁边的地毯上,把雪利酒瓶和玻璃杯放在咖啡桌上,生好火——就这样简单。最后,他又穿过后面的空地,乘公共汽车回到牛津。"

刘易斯想了想。是啊,事情经过肯定就是这样,但是还有一件事情困扰着他。"那么奥格尔比呢?他在哪里出现?"

"就像我告诉你的,刘易斯,奥格尔比告诉我们的很多事情都是实话,我觉得他肯定很早就知道是巴特利特杀了昆恩,当时我还——"

"可是他为什么要守口如瓶?"

"我不知道。我觉得他肯定试图自己证明,然后再——"

"听起来不太可信,长官。"

"是啊,可能。"莫尔斯盯着外面的庭院,再次思索奥格尔比究竟为什么……嗯。还有一两条线索接不上。不过都不是至关重要的——刘易斯打断了他的思路。

"奥格尔比肯定是个聪明的家伙,长官。"

"哦,我不知道。别忘了他领先我两里格①。"

"您的意思是,长官?"

"我要告诉你多少遍?那天下午他在办公室。"

"那么肯定是在楼上,因为——"

"不。这一点你说错了。他肯定在楼下。还有,我们知道他究竟在哪里,还有他什么时候在那里。吃完午饭回来之后,他肯定意识到自己是办公室里唯一的员工,这是他去巴特利特办公室里翻看的好机会。昆恩告诉他自己怀疑巴特利特和鲁普,还是只有巴特利特——我们不能肯定。不过他有理由怀疑巴特利特,因此决定去做一点调查。没有人会进来,因为那里没人。大约四点半,他听到外面有声音——鲁普和诺克斯的声音——他不想被抓住。哪里是他明显的藏身之处,刘易斯?就是巴特利特写字台后面的小盥洗室里,我们第一次去他办公室时我进去过。完美!他站在里面等着,而且不用等很长时间。但是奥格尔比从盥洗室出来之后发现了什么?他发现刚才看到的电影票和钥匙不见了!他的头脑肯定非常混乱,他不敢离开巴特利特的办公室。

---

①里格(league),英制长度单位,一里格约等于三英里或者四千米。

他听见诺克斯在外面的走廊里，然后听到有人走动，几扇门打开又关上。他还是待在原处。最后，他觉得外面安全了，可以出去，他首先注意到的是昆恩的车不见了！可能他去看了昆恩的办公室，我不知道。昆恩进来过？然后又出去了？我不知道他当时怀疑到了多少真相——可能不多，但是他知道鲁普拿走了几把钥匙和一张神秘的电影票，他已经把这张电影票仔细地描在了日记本里。这是他的真正证据，他跟我做得一样，给二号录像室打了电话，试图找到——"

"但是他没有找到，所以就亲自去了。"

莫尔斯点了点头。"还是什么也没找到，可怜的家伙，除了一件事情：他看到的那张电影票肯定是当天下午买的。"

"非常有趣，不是吗，长官？那天下午他们都在那里。"

"所有人，除了昆恩。"莫尔斯严肃地纠正，"你的车在这里吗？"

"我们要去哪里，长官？"

"我想我们最好沿着奥格尔比的足迹，到巴特利特办公室里看看。"

刘易斯最后一次开车带他去评审会大楼的时候，莫尔斯试着想清楚剩下来的一两个微不足道的矛盾（非常微不足道，他告诉自己）。人偶尔会做奇怪的事情，你不能指望每个行为背后都有逻辑严密的动机，不是吗？现在机器的运行状态良好，这一点毋庸置疑，齿轮正好到位，咬合有力。只是哪里还有一点摩擦。不过只有一点……

在二号囚室里，秘书坐在没有铺盖的床上，他的思绪像叶芝的《长足虻》[①]一样无声地飘荡。

---

[①] 威廉·叶芝（William Yeats，1865—1939），爱尔兰诗人和剧作家，曾经获得诺贝尔文学奖。《长足虻》是叶芝的诗作。

*谁?*

# 32

评审会的办公楼已经锁了起来,任何员工都不能进来,直到接到进一步通知。只有诺克斯还在履行平常的职责,是他打开了门,让两位警官进来。

莫尔斯坐在巴特利特的写字台旁边,不停切换红绿灯自娱自乐,活像一个拿到新玩具的小男孩。刘易斯明白,同以往一样,重活儿都得由他来做。

半个多小时之后,刘易斯已经有条不紊地检查完了保险箱(没有找到有意义的东西),莫尔斯刚才一直在茫然地张望房间四周,现在终于屈尊开始工作。巴特利特写字台右手最上面的抽屉里没有多少东西,只有一沓堆放整齐的办公室便笺,莫尔斯随意抽出一张,看了一眼遭到严重削弱的毕业生团队:

T. G. 巴特利特,哲学博士,文学硕士,秘书

P. 奥尔格比，文学硕士，副秘书

　　G. 布兰德，文学硕士

　　M. M. 海特小姐，文学硕士

　　D. J. 马丁，文学学士

　　嗯。打字员根据指示去掉了布兰德的名字，然后在下面打上昆恩的名字。但是这已经没有必要了。只要画掉前三个人；迅速得多……然后还有两个……海特小姐会被要求接班吗？招聘新员工？或者解散评审会？如果继续运营，天知道，唐纳德·马丁根本当不好副秘书。他多么懦弱！他们可能会聘用年轻男人，要是莫妮卡对他们扭动自己迷人的臀部，上帝可得帮助他们！莫尔斯拿出自己的派克笔，慢慢画掉名字：巴特利特博士，菲利普·奥格尔比，乔治·布兰德。是的，只剩他们两个——现在他们可以尽情勾搭几个月。几个月！啊！昆恩只在这工作了几个月；时间太短，他的名字还没有印在信笺上。尼古拉斯·昆恩……莫尔斯想了一会儿自己上次参加的唇语课。要是昆恩彻底丧失了听力，他还能应付办公室里的事情吗？不，可能不行。读唇语可能很管用，可是连学校的老师都犯了一个错误，不是吗？当时他问她……

　　莫尔斯定在了座位上，血液好像在从手臂和肩膀里涌出，上半身感到麻木而刺痛。哦上帝——不！不！肯定不是！哦耶稣啊，哦圣母马利亚啊，哦所有的圣人和天使啊——不！他用颤抖的手在信笺上写下两个名字，发现自己根本稳不住自己的声音。

　　"刘易斯！放下手里的活儿，不管是什么。过去站在门边，拿上这张信笺。"

　　刘易斯一头雾水，不过还是照办了。"现在做什么，长官？"

"我要你把这两个名字读给我——只用嘴唇。不要发出声音。只要做嘴形,如果你明白我的意思。"

刘易斯竭尽全力。

"再来。"莫尔斯说,刘易斯只能从命。

"再来……再来……再来……再来。"莫尔斯点着头,点着头,点着头,点着头,再次开口说话的时候,他的声音非常激动,"拿上你的外套,刘易斯。这里的事情做完了。"

开始她什么也不说,不过莫尔斯毫不怜悯。"是你把血擦掉的?"(这个问题他已经问了十几遍。)"我的上帝,如果你不明白发生了什么事,你肯定是瞎了眼。他在外面有过多少女人?他昨天夜里跟谁在一起?你不知道?你从来没有怀疑过?是你把血擦掉的?是你?还是他?你听不懂?——我必须知道。是你擦掉的?我必须知道。"

突然,她彻底崩溃了,歇斯底里地痛哭起来。"他说——发生了——车祸。他——他说他——上去帮忙——等——救护车来。是——是在——宽街——就在——就在布莱克威尔书店对面——还有——"

门开了,走进来一个人。"怎么回事?"他的嗓音就像抽动的鞭子,眼睛里透露出凶狠、炽烈的疯狂,"那个该死的鲁普跟你说了什么,你这个管闲事的浑蛋?"他走向莫尔斯,粗暴地挥舞着拳头,马丁夫人发出刺耳的尖叫,冲出了房间。

"你应该好好锻炼身体,莫尔斯。你非常软弱无力,你知道。"

"是因为啤酒。"莫尔斯嘟囔道,"哎哟!"

"这是最后一根。一个星期以后再来见我,我们把它取出来。你没事了。"

"多亏是刘易斯跟我一起去的!不然你又要多一具尸体了。"

"他人不错,对吧?"

莫尔斯狡黠地笑了笑,然后点了点头。"上帝,你应该见过他,医生。"


第二天早晨,在莫尔斯的办公室里,轮到刘易斯窃笑了。"说话肯定有点不自在,长官——您的嘴边缝了那么多针。"

"嗯。"

"好吧?那么告诉我。"

"你想知道什么?"

"您最后是怎么想到马丁的?"

"好吧,我以前说过,虽然当时我其实不知道自己在说什么。我告诉过你,本案的关键在于昆恩耳聋。就是这样。不过我一直在想他的唇语肯定很棒,而忽略了最明显的事实:即便是世界上唇语最棒的人有时候也会犯错;昆恩就是这样。他看到鲁普跟酋长说话,然后从他的嘴唇上读出了一个名字。我上过唇语课,知道聋人最常见的难题就是区分辅音 p、b 和 m,如果你不出声地说出'巴特利特'和'马丁'这两个词,就会发现唇形的差别非常小。B 和 M 完全相同,两个名字的第二部分都被含混地吞进了嘴里。而且不仅如此。是巴特利特博士,和唐纳德·马丁。再试试看,只能看到非常小的区别;如果你把这两个名字放在一起,聋人就会很容易把它们混淆。你明白,鲁普从来不

242

会叫秘书'汤姆'，不是吗？他没有跟他熟悉到以教名相互称呼的程度，而且永远不会。他会叫他'巴特利特'或是'巴特利特博士'。而酋长几乎肯定会说出他的头衔全称。但是马丁——好吧，他是他们的一员：年轻人的一员。他是唐纳德·马丁。"

"有点轻举妄动，如果您问我。"

"不，不是。其实不算。有一两个悬念始终解释不清，我总是感到不安，可能我都弄错了。就像你自己说的，这太不像他的为人了。巴特利特花了这么多心血建立起评审会的事业，很难想象他会堕落到做出我们这个案件里的腐败行为——更不用说谋杀。不过我还是不明白这些证据在说明什么。就是说，直到我们坐在巴特利特的办公室里，我突然明白过来了，所有的悬念好像自动明朗了起来。想想看。昆恩发现——至少他这样认为——巴特利特是个骗子，然后给他打了电话。打电话，刘易斯！你能猜得出昆恩多么害怕给任何人打电话。其实他找不到跟巴特利特对质的其他办法，因为他就是无法相信他会做出这种事。"

"昆恩告诉巴特利特自己也怀疑鲁普了吗？"

"我觉得他说了。昆恩肯定是那种特别不会骗人的人，他可能把自己怀疑的事情都告诉了巴特利特和鲁普。"

"但是为什么巴特利特不采取什么行动呢？"

"他肯定觉得昆恩荒唐透顶，不是吗？昆恩居然指责他——评审会秘书！——出卖评审会；如果昆恩完全错怪了他，他为什么要觉得昆恩没有错怪鲁普呢？"

刘易斯慢慢摇了摇头。"要是您问我的话，长官，这还是有些牵强。"

"本身来说，没错。不过我们再来看看莫妮卡·海特。我们到底怎么解释她准备撒那么多谎？莫妮卡告诉马丁自己看到巴特利特从电影院里出来,马丁同意一起编造一堆谎话,现在很容易看出来马丁为什么非常乐意这样做。其实,我觉得几乎可以肯定是他在挑唆,因为这样就非常符合他的说辞,不会跟二号录像室有任何联系。随后,莫妮卡发现那天下午昆恩可能也去过二号录像室,她立刻明白,如果自己说看到巴特利特也在那里,他肯定会显得非常不光彩。因此她继续隐瞒真相。为什么,刘易斯?跟昆恩无法面对巴特利特的理由一样:她就是无法相信他会做出这种事。"

刘易斯点了点头。现在听起来可能稍微好了一些。

"最重要的是——"莫尔斯接着说,"还有奥格尔比。他最让我发愁,刘易斯,你说到了关键:他为什么不把知道的告诉我?我想可能有两个理由。首先,奥格尔比想自己单干——他好像总是独来独往。他知道自己反正活不了太久,要是单枪匹马地调查这种非凡的险境,可能会给自己的生活加点调味料。生活可能会变得危险,不过他不在乎——不管怎样,他的生活已经很危险了。不过这只是猜测。我肯定还有另一个理由,这个理由更加可信。他发现了看起来对巴特利特极为不利的证据——他认识这个人,和他共事了十四年——他就是无法相信他会做出这种事。于是,他决心什么都不说,以免我们怀疑巴特利特——直到他能够亲自证明。"

"不过他没有机会——"

"是啊。"莫尔斯静静地说。他靠在椅背上,轻轻地抚摩肿起的嘴唇。"那么还有什么,伙计?"

刘易斯回顾了整件错综复杂的案子,发现直到现在自己都还不是特别清楚。"那么,您指控巴特利特的那些罪行都是马丁做的?"

"确实如此。而且不仅如此。马丁就在相同的时间用几乎相同的手法杀了昆恩。犯罪的地点是马丁的办公室,巴特利特能有的机会他都有。当然,他要冒的风险更大一些,不过他全都策划好了——至少到现在为止——极为周密。你知道,巴特利特宣布星期五消防演习之后,整个计划就立刻成形。不过评审会员工星期一才接到通知,根本没有那么多时间;随着事态的发展,他们只能临场发挥一些。总的来说,我觉得他们充分利用了所有的机会,不过他们还想做得更聪明一点——特别是二号录像室的事情,这件事情给他们两人带来了一大堆不必要的麻烦。"

"不要生我的气,长官,但是您能不能再说一遍。我还是——"

"我觉得二号录像室根本不在他们原先的计划之中——当然我可能弄错了。原先的计划肯定是要说服任何到昆恩办公室去的人,星期五下午他在那里或者附近。做得有些笨拙,不过还能说得过去——写给打字员的便条,防水雨衣,资料柜,等等。现在,我觉得马丁杀了昆恩之后,神经肯定濒临崩溃,他说服莫妮卡下午跟他一起去看电影之后,肯定大大松了口气——那天下午办公室里的人越少越好,如果事态没有按计划发展,跟莫妮卡在一起还能给他一个合理的不在场证明。就像我说的,我觉得在这种情况下,他根本没有想到在昆恩的尸体上放一张撕成两半的电影票。马丁和莫妮卡决定在看电影的事情上撒谎之后,马丁渐渐认清了全局。他肯定明白,这种让大家相信昆恩还好好地待在评审会里的精心安排根本就是徒劳。没有人需要被说服。巴特利特不在那里——他知道;他和莫妮卡也不在;昆恩死了;奥格尔比在外面和牛津大学出版社的人吃饭,可能根本不会回办公室。因此他灵机一动:让鲁普把电影票放在昆恩的口袋里。"

"但是当——"

"等一下。离开电影院之后——顺便说一句,马丁在这里对我撒了谎,我早就应该注意到。他想延长自己的不在场证明,说自己是三点三刻离开的,但是莫妮卡告诉我们,他们在电影结束之前就离开了——大概是三点一刻。显然,他们想在散场之前离开——被人看到的可能性更小。不管怎样,离开电影院之后,他们分头行动:莫妮卡回了家;马丁也是,不过他顺路去了评审会,当时大概是三点二十分,发现那里没有人——连奥格尔比都不在——于是把自己的电影票放在巴特利特的房间里,等着鲁普去拿。"

"但是鲁普不可能知道——"

"听我说,刘易斯。马丁肯定写了一张很短的便条——'把这个塞到他口袋里',或者类似的话——然后放在电影票和钥匙旁边。接着,大概十分钟之后,奥格尔比回来了,发现大家都不在,就决定趁机去巴特利特的办公室里转转;他在那里看到这些东西,感到非常困惑,就把电影票描在了自己的日记本里。"

"然后马丁就回家了,我想是的。"

莫尔斯点了点头。"我觉得他确定没有人看到他,特别是在四点半到五点这段关键时间里,他知道鲁普当时正忙着扮演自己在罪行里的角色。于是,他肯定觉得自己可以轻松一下,但是刚过五点,鲁普从昆恩家里给他打了电话,带来震惊的消息,昆恩的清洁工——好吧,下面的你都知道。"

刘易斯完全明白了,好像终于能够看清全局了。几乎是全局。"那么送报男孩呢?鲁普让他给巴特利特带信只是为了——"

"——只是为了让巴特利特难办,没错。鲁普肯定说自己想赶紧跟他谈谈警方的怀疑——或者类似的话。鲁普当然知道我们像老鹰一样盯着他,因此他慢慢走到火车站,让我们跟上他。"

"您还没有告诉巴特利特吧?"

"还没有。释放他之后,我觉得我们应该让他稍微喘口气,可怜的家伙。他的日子不好过。"

刘易斯犹豫了一下。"还有一件事,长官。"

"什么?"

"巴特利特要把事情解释清楚,不是吗?我是说他确实去了二号录像室。"

莫尔斯尽量张开肿胀的嘴笑了笑。"我觉得我可以为你回答这个问题。巴特利特跟我们一样也是人,可能他很久没见过英格·尼尔森那样的美女解开衬衫纽扣了。电影一点半开始,他两点半才去班布里,因此决定做一小时左右的老流氓。不过不要责备他,刘易斯!你听见了吗?不要责备他。他肯定刚开门就进去了,坐在后厅里,然后,因为他的眼睛已经适应了黑暗,就看到马丁走了进来。但是马丁没有看见他;巴特利特做了任何人都会做的事——他出去了,行动迅速。"

"莫妮卡就是那时看到他的?"

"没错。"

"那么他最后没看电影?"

莫尔斯遗憾地摇了摇头。"如果你还有其他问题,可以明天再问。今晚我请客。"

"可是我答应了我老婆——"

莫尔斯把电话塞给他。"告诉她你要晚点回家。"


两人并排坐在相当拥挤的人群之中,只有绿色的"出口"灯还在黑暗里发出亮光。莫尔斯买了电影票——后厅:不管怎样,可以算某种庆功。

"天哪,快看啊!"莫尔斯低声说道,镜头正在移动到金发美女的胸部，她穿着低胸紧身晨衣，胸部好像就要蹦出来了。

"脱掉！"前排附近某个地方有人喊道，绝大多数观众都是男人，这时候都在会意地窃笑，莫尔斯舒服地蜷在座位里，打算满足一下自己的本能。刘易斯开始略有勉强，然后也打算这样做。

*后记*

秋季考试的结果一公布，评审会就被迫关闭了，海外中心也分给了其他教育证书委员会。政府税务稽查局的一个部门接管了办公楼，现在，女职员在磨光的走廊里咔嗒咔嗒地走来走去，在秘书和他的毕业生员工以前管理考试事务的办公室里聊着闺房琐事。

巴特利特夫人动用自己可观的私人收入在汉普郡买了一座农场，理查德终于在那里找到了可以抚慰自己焦虑心情的生活，不时还能看到父亲的眼睛在无框镜片后面颇为稚气地眨动。

萨莉完成自己并不出色的学业之前，海特小姐一直住在牛津，做一些兼职教学工作。评审会的凶手定罪之后的几个月里，她去过好几次骏马小号酒吧——只是为了纪念过去，她告诉自己。她多么希望能再见到他！不管怎样，她还欠他一杯酒，而且她想还清这笔债；做一些补偿，也可以这样说。不过虽然她满心希望，但是再也没有在那里见过他。

穆罕默德·杜巴尔王子的秋季普通教育证书考试成绩全部作废，有足够的证据可以证明他作弊；六个星期之后，酋长国发生了一场"无流血"政变，他的酋长父亲出现在了"失踪人员"的名单里。

虽然有人说在好几个东方国家的首都见过乔治·布兰德，但是他没有受到惩罚；不过，可能没有罪犯能够彻底逃避正义的审判。

派恩伍德巷一号的楼上楼下又有了新房客；贾丁夫人正在考虑买一套新家具。同她料想得一样，没过几个星期，丑闻就逐渐淡去。生活就是这样，她一直都知道。

圣诞节刚过，牛津东部的一场洗礼上，牧师把细长的手指蘸进洗礼盆里，以圣三一的名义，把自己的小教民列在伟大的战斗教会无以计数的教徒里。但是水冷得厉害，尼古拉斯·约翰·格林纳威哇哇大哭。最后，名字是弗兰克选的：不知为什么喜欢这个名字，他这样说。不过，当乔伊丝把孩子抱在怀里，温柔地安抚着他嘶哑的哭声的时候，她回想起儿子尼古拉斯出生的那天，就是那天，另一个名叫尼古拉斯的人死了。

THE SILENT WORLD OF NICHOLAS QUINN
Copyright © Colin Dexter 1977
First published 1977 by Macmillan
Simplified Chinese edition copyright: © 2014 NEW STAR PRESS
All rights reserved.

**图书在版编目（CIP）数据**

昆恩的静默世界 ／（英）德克斯特著；顾悦，许懿达译．—北京：新星出版社，2014.12

ISBN 978-7-5133-1617-0

Ⅰ.①昆… Ⅱ.①德… ②徐… ③许… Ⅲ.①长篇小说-英国-现代 Ⅳ.①I561.45

中国版本图书馆 CIP 数据核字（2014）第 238066 号

## 昆恩的静默世界

（英）柯林·德克斯特 著；顾悦 许懿达 译

**责任编辑**：王　欢
**责任印制**：韦　舰
**装帧设计**：周伟伟

| | |
|---|---|
| 出版发行： | 新星出版社 |
| 出 版 人： | 谢　刚 |
| 社　　址： | 北京市西城区车公庄大街丙3号楼　100044 |
| 网　　址： | www.newstarpress.com |
| 电　　话： | 010-88310888 |
| 传　　真： | 010-65270449 |
| 法律顾问： | 北京市大成律师事务所 |

读者服务：010-88310811　　service@newstarpress.com
邮购地址：北京市西城区车公庄大街丙3号楼　100044

| | |
|---|---|
| 印　　刷： | 三河兴达印务有限公司 |
| 开　　本： | 910mm×1230mm　　1/32 |
| 印　　张： | 8.375 |
| 字　　数： | 118千字 |
| 版　　次： | 2014年12月第一版　　2014年12月第一次印刷 |
| 书　　号： | ISBN 978-7-5133-1617-0 |
| 定　　价： | 29.00元 |

版权专有，侵权必究；如有质量问题，请与印刷厂联系调换。